沉默
SILENCE

〔日〕远藤周作 著　　　　李盈春 译

南海出版公司

新经典文化股份有限公司
www.readinglife.com
出　品

沉默

前言

罗马教会接到一份报告,称葡萄牙耶稣会派往日本的克里斯托弗·费雷拉神父在长崎遭受"穴吊"之刑拷问,宣誓弃教。这位神父在日本生活二十余年,担任教区长的要职,是统率司祭与信徒的长老。

这位神父拥有罕见的神学才能,在迫害之下也一直潜伏在京都、大阪一带传教,他的信里始终充满着不屈的信念。因此无论遇到何种情况,大家都不相信他会背叛教会。教会和耶稣会当中,也有很多人认为这份报告可能是荷兰或日本的异教徒捏造的,也可能是误报。

因为有传教士的书信,罗马教会非常了解在日本传教的困难状况。自一五八七年以来,日本关白丰臣秀吉改变以往的政策,开始迫害天主教徒。先是长崎西坂的二十六名司祭和信徒被处以火刑，随后全国各地众多天主教徒被赶出家门，遭到拷问和虐杀。德川将军沿用了这一政策，一六一四年决定将所有天主教神职人员驱逐出境。

根据传教士们的报告，是年十月六日和七日，包括日本人在内的七十多名司祭被带到九州、木钵，押进开往澳门、马尼拉的五艘帆船，踏上了流放之路。那是个雨天，灰蒙蒙的海面波涛汹涌，被雨淋透的船从海湾驶向海角，消失在地平线上。然而实际上，还有三十七名司祭不忍舍弃信徒，不顾严厉的驱逐令，偷偷留在日本躲藏起来。费雷拉就是这些潜伏的司祭之一。他不断写信告知上司陆续被逮捕、被处死的司祭和信徒的情形，一六三二年三月二十二日他从长崎寄给视察员安德烈·巴尔梅洛神父的信，一直留存至今，信中详尽说明了当时的情况。

上封信里我向您报告了本地天主教的状况，现在继续报告后来发生的事。一切都是全新的、无以复加的迫害、压迫和艰辛。就从一六二九年以来因信仰被捕的五名修道士的遭遇讲起吧。五人即巴托洛梅·古铁雷斯、弗朗西斯科·德·赫苏斯、维森特·德·圣·安东尼奥三名奥古斯汀会修士，我们耶稣会的石田安东尼奥修道士，方济各会的加布里埃尔·德·圣·玛达莱纳神父。长崎奉行竹中采女①试图迫使他们弃教，以嘲笑

_____

① 奉行为日本战国、江户时代掌管城市政务或某项专门事务的官员。竹中采女，即竹中重义，江户时代初期大名。

我们神圣的教义和主的仆人，打击信徒的勇气。但采女终于认识到，只靠言语无法动摇神父们的决心。于是他决定采取另外的手段，利用云仙地狱的沸水拷问他们。

采女下令：将五名司祭带到云仙，以沸水拷问，直到他们放弃信仰为止，但绝不可将其杀害。除了这五人，安东尼奥·达·席尔瓦的妻子贝亚特丽切·达·科斯塔和女儿玛利亚也将遭受同样的拷问，因为她们长时间以来被要求弃教而不予回应。

十二月三日，所有人离开长崎，前往云仙。两名女子坐轿，五名修道士骑马，与众人告别。到了距离长崎只有一里格①的日见港后，他们就被绑起双手，套上脚镣，上了船。每个人都被牢牢地绑在船舷边。

傍晚，他们抵达了小浜港，这里是云仙的山麓。翌日上了山，七人分别被关进小屋严密看管起来，手铐脚镣日夜加身。尽管采女的部下众多，代官②仍派遣警吏严加戒备。上山的道路皆安排人手监视，若无官府的许可证，任何人不得通行。

拷问开始。七人被逐一带到沸腾的水池边，看滚开的水溅到半空的飞沫，劝他们在亲身体味到可怕的痛苦前，放弃天主教的信仰。时值严寒，池水汹涌翻滚，气势惊人，如果没有上帝护佑，光看那景象就会昏倒。但因神的恩典，所有

---

① 里程单位，1 里格约为 5.5 公里。

② 江户时代掌管幕府直辖领地的地方官员，负责收缴年贡或一般民政。

人都获得了莫大的勇气，回答说拷问我们吧，我们绝不会放弃信仰。官差们听了这决绝的回答，就脱掉他们的衣服，用绳子绑住他们的手脚，再用半卡纳拉[1]的长柄勺子舀了沸水，浇到他们身上。而且不是一口气浇下，而是在勺子底部开了几个洞，让痛苦更长久。

天主教的英雄们一动不动地忍受这种可怖的痛苦，只有玛利亚年纪还小，因疼痛过度倒在地上。官差见状喊道："弃教了！弃教了！"遂将少女送回小屋，翌日带回长崎。玛利亚拒绝回去，坚称自己并未弃教，要求和母亲等人一起接受拷问，但官差不加理会。

余下的六人留在山上，度过了三十三天。其间，安东尼奥、弗朗西斯科两位神父和贝亚特丽切各受到六次沸水拷问，维森特神父四次，巴托洛梅神父、加布里埃尔神父两次，但谁都没有呻吟出声。

安东尼奥神父、弗朗西斯科和贝亚特丽切受拷问的时间比其他人更长。尤其贝亚特丽切·达·科斯塔，她身为女性，面对各种拷问、劝告，表现出更胜男儿的勇气，因此除了沸水折磨，还遭受了其他的刑罚，被迫长时间站在小石头上，遭到劈头盖脸的谩骂羞辱，但官差越是凶暴，她越是凛然无畏。

其他人因为体弱且患有疾病，并未受到太大的折磨。采女本就无意杀害他们，只是希望他们弃教。基于同样的理由，

---

[1] 葡萄牙里斯本地区的容量单位，1卡纳拉约为1.4升。

还特地派了一名医生来山上给他们治伤。

采女终于意识到，自己无论如何都赢不了。他还接到部下的报告：从神父们的勇气和力量来看，在让他们洗心革面之前，云仙所有的温泉和池水都会告罄。于是他决定将神父们带回长崎。一月五日，采女将贝亚特丽切·达·科斯塔收容在某栋声名狼藉的房子里，五名司祭关进城内的监狱，他们至今仍在狱中。这就是这场光辉斗争的结局：我们神圣的宗教赢得大众景仰，信徒勇气倍增，一切都与暴君采女先前的计划和期待背道而驰。

罗马教会相信，写出这样一封信的费雷拉神父，无论遭到何种拷问，都不会放弃上帝和教会，屈服于异教徒。

一六三五年，鲁比诺神父和四名司祭聚集在罗马。他们为了洗刷费雷拉弃教事件给教会带来的耻辱，计划不惜代价潜入迫害天主教的日本，进行地下传教。

这个一看就很鲁莽的计划，起初并未得到教会当局的赞同。虽然理解他们的热情和传教精神，但作为上司，自不能痛快允准将司祭们送到危险至极的异教徒国家。然而另一方面，自圣方济各·沙勿略 ① 以来，天主教已在东方的日本播下了上好的种子，失

---

① 圣方济各·沙勿略（San Francisco Xavier，1506—1552），西班牙籍天主教传教士，也是耶稣会创始人之一，首先将天主教信仰传播到亚洲的马六甲和日本。

去领导者后，信徒们逐渐灰心失望，对此教会也不能弃而不顾。不仅如此，在当时的欧洲人看来，费雷拉在世界尽头的一个小国被迫放弃信仰，这件事不只是他个人的挫折，更是整个欧洲信仰和思想的耻辱。这样的看法最终占了上风，经过一番波折，鲁比诺神父和其他四名司祭获准赴日。

此外在葡萄牙，也有三名年轻司祭基于不同的理由，计划潜入日本。他们是费雷拉神父过去在坎波利德的古老修道院教神学时的学生——弗朗西斯·加尔佩、霍安特·圣·玛尔塔和塞巴斯蒂安·罗德里戈。如果费雷拉是光荣殉教，自然另当别论，但这三个人无论如何都不相信，自己的恩师会像狗一样屈服于异教徒。而且，这些年轻人的看法也代表了葡萄牙神职人员的共同感受。三人打算去日本亲自查明事情的真相。这里的情形也和意大利一样，上司起初不同意，但最终被他们的热情打动，允许他们前往日本进行危险的传教。这是一六三七年的事。

三名年轻司祭立刻着手准备长途旅行。当时葡萄牙的传教士要去东方，通常都先搭乘从里斯本开往印度的印度舰队。那时印度舰队的出航是里斯本最热闹的活动之一。一直以来被视为世界尽头的东方，而且是东方最边缘的日本，如今在三人眼前呈现出鲜明的形状。翻阅地图时，非洲的对面是葡萄牙属地印度，再往前散布着无数岛屿和亚洲各国，而日本就在东边，形如不起眼的幼虫。要抵达那里，必须先到印度的果阿，而后还要经过漫长岁月，穿越茫茫大海。自圣方济各·沙勿略之后，果阿就是向东方传教的门户，它有两所圣保罗神学院，东方各地的学生来此留学，立志传教的欧洲司祭也在此了解各国的情况，等待开往各自传教国家的便船，时间长达半年甚至一年。

三人又尽全力调查了所有能获取到的日本的情况。幸好自路易斯·弗洛伊斯以来，有许多葡萄牙传教士从日本送回报告，据这些报告所说，新将军德川家光采取了比他的祖父和父亲更为残酷的高压政策。尤其在长崎，从一六二九年起，奉行竹中采女对信徒施以残忍暴虐、毫无人性的拷问，将因犯浸在滚开的温泉里，强迫他们弃教和改宗，有时一天之内，罹难者不下六七十人。费雷拉神父自己也曾向祖国报告过类似情形，因此该报告所述应当是事实。总之，他们必须从一开始就做好心理准备，在漫长艰辛的旅途之后，等待他们的是比旅途更为严酷的命运。

塞巴斯蒂安·罗德里戈出生于以矿山闻名的塔斯科镇，十七岁进入修道院。霍安特·圣·玛尔塔和弗朗西斯·加尔佩都出生于里斯本，两人与罗德里戈一同在坎波利德的修道院接受过教育。他们日常生活在一起，每天更是并排坐在课桌前学习，对教授自己神学的费雷拉神父记忆犹新。

现在，在日本的某个地方，那位费雷拉神父还活着。有着湛蓝清澄的眼眸，充满慈和光辉的费雷拉神父，在日本人的拷问下发生了怎样的变化呢？罗德里戈他们思量着。但他们无论如何都无法将因屈辱而扭曲的表情和那张脸重合起来。他们不相信费雷拉神父会抛弃上帝，抛弃那份仁爱。罗德里戈和他的同伴无论如何都要到日本，查明费雷拉神父的下落和命运。

一六三八年三月二十五日，三人搭乘的印度舰队在贝伦要塞的礼炮声中，从特茹河口出发。他们接受若昂·达斯科主教的祝福后，登上了司令官乘坐的"圣伊莎贝拉号"。当舰队驶出黄色的河口，来到蔚蓝海面上时已是正午，他们靠在船舷上，久久眺望闪着金光的海角、山峦、农家的红墙和教堂。欢送舰队的钟声，从教堂钟楼随风一直飘送到甲板上。

当时要去东印度，必须绕行非洲南端。这支舰队出发第三天，在非洲西岸遭遇了一场可怕的风暴。

四月二日，舰队抵达圣波尔图岛，不久抵达马德拉岛。六日抵达加那利群岛后，遭遇无止歇的雨和无风状态。之后因为洋流，从北纬三度线被冲回五度，撞到几内亚海岸。

无风的时候，酷热难耐，各船都有许多人生病。"圣伊莎贝拉号"上，躺在甲板和铺位上呻吟的病人也超过百人。罗德里戈他们和船员一起忙着照顾病人，帮他们放血。

七月二十五日，圣雅各节，船终于绕过好望角。就在绕过好望角那天，猛烈的暴风雨再度来袭，船的主帆折断，重重砸到甲板上。船上的病人和罗德里戈他们都被动员起来，抢救同样处于危险之中的前帆。好不容易抢救成功时，船已经撞上暗礁。要不是其他船舰立即前来救援，"圣伊莎贝拉号"可能会就此沉没。

暴风雨过后，又是无风。桅杆上的帆无力地低垂，漆黑的阴影落在像死人般躺在甲板上的病人的脸和身上。海面上每天热得发亮，连一丝波浪都没有。随着航海时间的延长，食物和水也开始短缺。就这样，终于在十月九日抵达目的地果阿。

在果阿，他们比在祖国时更详细地了解到日本的形势。据说从三人出发前一年十月起，日本有三万五千名天主教徒起义，以岛原为中心与幕府军苦战，最后男女老少尽遭屠戮，无一幸免。战争之后，土地荒芜，几无人烟，残存的天主教徒也被逐一抓捕。不仅如此，对罗德里戈神父一行打击最大的消息是，由于这场战争，日本和他们的国家葡萄牙全面断绝通商贸易，禁止任何葡萄牙船只入境。

得知祖国再没有开往日本的便船，三名司祭怀着绝望的心情来到澳门。这座城市是葡萄牙在远东的根据地，也是中国与日本贸易的基地。他们抱着一丝侥幸来到这里，但一来就受到视察员范礼安神父的严厉警告。神父说，在日本传教已经不可能，澳门传教会也无意再用危险的方法送传教士去日本。

这位神父十年前就在澳门建立了传教学院，培养传教士向日本和中国传教。自日本迫害天主教以来，日本耶稣会管区也由他负责管理。

对费雷拉神父，范礼安神父向三人做了如下说明。从一六三三年起，潜伏在日本的传教士们的通信也彻底断绝。费雷拉被捕，在长崎遭受"穴吊"拷问的消息，是来自从长崎返回澳门的荷兰船员，但之后的情况就不得而知，也无从调查，因为那艘荷兰船是在费雷拉遭到"穴吊"当天起航的。在当地了解到的，只有新上任的宗门奉行井上筑后守①审问过费雷拉。范礼安神父直率地表示，这种情况下，澳门传教会无法同意他们去日本。

今天，我们可以在葡萄牙"海外领土史研究所"收藏的文书中读到一些塞巴斯蒂安·罗德里戈的书信，其中最早的一封如上所述，是从他和两位同事自范礼安神父处得知日本的情势写起的。

---

① 岛原之乱后，日本设立宗门奉行，专司禁教与其他宗教事务。首任宗门奉行为井上政重，官位为从五位下筑后守，故称"井上筑后守"。

I　塞巴斯蒂安·罗德里戈的书信

主的平安，基督的荣光。

我们于去年十月九日抵达果阿。五月一日从果阿到澳门，这些事已向您报告过了。因为旅途艰辛，同事霍安特·圣·玛尔塔体力消耗甚巨，饱受疟疾发热之苦，只有我和弗朗西斯·加尔佩受到这里的传教学院真诚款待，精力充沛。

但这所学院的院长，在这里住了十年之久的范礼安神父，一开始坚决反对我们去日本。我们在神父可以一览港口的客厅谈及此事时，他是这样说的：

"我们必须放弃向日本派遣传教士的念头。对葡萄牙商船来说，海上航行十分危险，在到达日本前可能还会遭遇若干阻碍。"

神父如此反对，也是理所当然。一六三七年以来，日本政府怀疑岛原之乱与葡萄牙人有关，不仅全面断绝通商，从澳门到日本近海的海上更有新教徒的英国、荷兰军舰出没，对我国商船加以炮击。

"但靠神的庇佑，我们说不定会偷渡成功。"霍安特·圣·玛尔塔热切地眨着眼说，"那里的信徒现在失去了司祭，就像一群小羊孤立无援，为了给他们勇气，确保信仰的火种不致熄灭，无论如何应该有人去。"

范礼安神父此时表情扭曲，默默无言。作为上司的义务和日本可怜的信徒被逼到绝路的命运，无疑令他苦恼至今。老司祭手肘撑在桌子上，手掌抵着额头，良久不语。

从房间看得到远处的澳门港，海水被夕阳染红，帆船犹如黑色污迹，点点浮在海面上。

"我们还有一项任务，就是寻访我们三人的老师费雷拉神父。"

"关于费雷拉神父，之后再没有得到过他的消息。有关他的信息都很含糊，我们如今连确认真伪的办法都没有。"

"这么说，他还活着？"

"连这一点也不知道。"范礼安神父吐出一口气，听不出是呼气还是叹息，然后抬起头。

"他定期寄给我的书信，从一六三三年起已彻底断绝。他是不幸病死，还是被囚禁在异教徒的监狱，还是如你们想象已光荣殉教，抑或还活着但没有途径寄出书信，眼下一切都难有定论。"

那时，范礼安神父只字未提费雷拉神父在异教徒拷问下屈服的传言。想来他也同我们一样，不愿如此猜度昔日的同事。

"此外……"他仿佛在自言自语，"现在日本出现了一个令天主教徒很头痛的人物，他姓井上。"

井上这个名字，我们当时是初次听闻。范礼安神父说，跟这个井上相比，上一任长崎奉行，即虐杀过许多天主教徒的竹中，不过是个残暴的莽夫罢了。

为了记住这个踏上日本后可能会遇到的日本人的名字，我们重复了好几遍陌生的发音。

从九州的信徒最后寄来的书信里，范礼安神父对这位新奉行多少有些了解。据说岛原之乱后，井上成了镇压天主教的实际领导者。和前任竹中采女截然不同，他像蛇一样狡猾，运用巧妙的手段，让以往面对拷问、威胁也毫无畏惧的信徒们相继弃教。

"可悲的是，"范礼安神父说，"他曾经皈依和我们相同的宗教，还受过洗。"

关于这名迫害者，日后还会再向您报告吧……作为上司，这位谨慎持重的神父，最终也被我们（尤其是同事加尔佩）的热忱打动，准许我们偷渡日本。至此大势已定。为了教化日本人，为了主的荣光，今天我们历尽艰辛来到这东方，在往后的旅途中等待我们的，恐怕是从非洲到印度洋的海上旅行无法比拟的困难和危险。但是，"有人在这城里逼迫你们，就逃到那城里去"（《马太福音》），然后我想起了《启示录》里的话："我们的主，我们的神，你是配得荣耀尊贵权柄的。"在这句话面前，其他事全都微不足道。

如我先前所述，澳门位于珠江的出海口。城市建在海湾入口的岛上，但跟其他东方城市一样，这里没有城墙环绕，因此不知道哪里是城市的边界，中国人灰褐色的房子如尘芥般扩展开来。总之，此地之风貌，您拿我们国家任何都市、乡镇都无法想象。据说人口在两万人左右，但这个数字不确切。能唤起我们思乡之情的，只有市中心的总督官邸、葡萄牙风格的商馆和石板路。炮台的炮口正对着海湾，幸运的是，到目前为止一次都未使用过。

大部分中国人对我们的宗教不感兴趣。在这一点上，确如圣方济各·沙勿略所说，日本是"最适合天主教的东方国家"。但讽刺的是，由于日本严禁本国船只出洋，导致远东的生丝贸易完全被澳门的葡萄牙商人垄断，澳门港今年的出口总额为四十万塞拉芬，远超前年和去年的十万塞拉芬。

今天要向您报告一个好消息。我们昨天终于遇到了一个日本人。据说以前有相当多的日本修道士和商人来到澳门，但自从日本实行锁国政策后，他们就再未来过，少数居留的人也都回国了。我们询问过范礼安神父，他也说这城市里已没有日本人。但一个偶然的机会，我们得知有一个日本人混在中国人当中生活。

昨天下着雨，我们去中国人聚居区寻找偷渡到日本的船。我们一定要找到一艘船，还要雇船长和水手。在雨中，澳门这座可怜的小城更显凄凉，从大海到城市，一切都被淋得灰蒙蒙的，中国人躲在畜舍似的简陋小屋里，泥泞的路上不见半个人影。看着这样的街道，不知为何，我想起了人生，悲从中来。

我们找到别人介绍的中国人，表明来意后，对方当即说，有一个日本人想从澳门回国。应我们的要求，他的儿子立刻去把那个日本人叫来。

　　对这个我生平第一次见到的日本人，该怎么形容呢？一个醉汉跌跌撞撞地走进房间，这个衣衫褴褛的男人名叫吉次郎，年纪大约二十八九岁。他很费劲地回答了我们的问题，由此得知他是长崎附近肥前地方的渔夫，岛原之乱前在海上漂流，被葡萄牙船只救起。这男人虽然喝醉了，却有一双透着狡猾的眼睛，跟我们交谈的过程中，时常别开视线。

　　"你是信徒吗？"

　　同事加尔佩如此一问，男人顿时沉默了。我们不明白为什么加尔佩的问题会惹得他不快。起初他不愿多说，后来在我们的恳求下，才一点一点说出天主教徒在九州遭受迫害的情形。他在肥前的仓崎村见过二十四名信徒被藩主处以"水磔"之刑。所谓"水磔"，就是在海中竖立木桩，将天主教徒绑缚其上，等到涨潮，海水淹到大腿根处，因犯们逐渐筋疲力尽，约一周左右便悉数在痛苦中死去。如此残忍的方法，就是罗马时代的尼禄也想不到吧？

　　谈话中，我们注意到一件奇怪的事。向我们讲述那令人战栗的场景时，吉次郎的表情扭曲，突然噤口不言，然后挥挥手，仿佛要挥去那段可怕的记忆。想来那被处以"水磔"之刑的二十余名信徒中，就有他的朋友或熟人。我们或许触碰了他不愿触及的伤口。

　　"你果然是信徒。"加尔佩固执地追问，"对吧？"

"不是，"吉次郎摇着头，"我不是。"

"但你想回日本，而我们正好有购买船只和雇用水手的资金。所以，如果你和我们一样打算去日本……"

听了这番话，这个喝醉了酒的日本人浑浊泛黄的眼里，突然闪出狡黠的光，在房间角落抱着膝盖，仿佛辩解似的喃喃低语，说他希望回国，只是因为想见到留在故乡的父母兄弟。

我们也有自己的打算，当即同这个战战兢兢的男人谈起交易。脏兮兮的房间里，一只苍蝇嗡嗡地在同一个地方打转，地板上扔着他喝光的酒瓶。无论如何，我们登陆日本后两眼一抹黑，必须联系信徒帮我们藏身，为我们提供种种便利。我们需要这个男人做我们的第一个向导。

吉次郎抱着膝盖面朝墙壁，对我们提出的交换条件考虑良久，最后终于应承下来。对他来说，这次冒险，危险性十足，但他也知道错过了这个机会，他就可能永远回不到日本了。

多亏范礼安神父的帮助，本来我们要弄到一艘大帆船了。然而人的计划是多么脆弱和虚幻啊！今天接到船被白蚁蛀蚀的报告，而这里几乎买不到铁或沥青……

这封信我是每天写一点，所以就像没有日期的日记，请您耐心阅读。一周前我报告过，我们到手的帆船被白蚁蛀蚀得相当严重，好在仰赖神的护佑，我们找到了克服这一困难的办法，准备先从内侧用木板封住，航行到台湾。如果这种应急措施靠得住，就直接去日本。不过还要祈求主保佑我们，尽量不要在东海遇到暴风雨。

这次不得不报告一个悲伤的消息。如您所知，圣·玛尔塔因为漫长而艰苦的海上旅行，体力消耗殆尽，患上了疟疾。最近他再次饱受高烧和恶寒的折磨，躺在传教学院的一个房间里。您恐怕无法想象，从前健壮的他如今消瘦得多么可怜。他的眼睛充血而浑浊，湿巾放到他额头上，转眼就烫得像从热水里捞出来似的。以他现在的状况，根本不可能去日本。范礼安神父也表示，如果不将他留在这里疗养，就不允许另外两人出航。

"我们先去那里做准备，"加尔佩安慰玛尔塔，"等你恢复健康后再来。"

他能否平安无事地活到那时候，我们会不会像其他许多信徒那样落入异教徒之手，谁又能预言呢？

玛尔塔从脸颊到下巴长满了胡须，双颊深陷，默默无言地凝视着窗外。从这里的窗户望出去，夕阳宛如莹润的红色玻璃球，沉向港口和大海。这时我们的同事在想些什么，认识他已久的您一定是明白的。特茹河口在达斯科主教和您祝福下登船的日子，漫长而艰辛的旅程，不断被干渴和疾病折磨的船上岁月。我们为什么要忍受这些痛苦？为什么要费尽周折来到这个衰败的东方小城？诚然，我们司祭是一群只为了服务人类而生的可悲的人，但再没有比无法履行这种职责的司祭更孤独、悲哀的人了。尤其是玛尔塔，抵达果阿后，对圣方济各·沙勿略的尊敬更深了，每天都去参拜这位死在印度的圣人的墓，只求无论如何都要抵达日本。

我们每天都祈祷他的病早日康复，然而病情毫无起色。不过，神必会赐人以我辈的智慧无法洞察的好命运。还有两个星期就要出发了，也许主会以其全能的奇迹安排好一切。

船只的修理工作进展相当顺利。白蚁蛀蚀的地方安上了新的木板，看起来焕然一新。范礼安神父替我们找到的二十五名中国水手会送我们到日本近海，这些中国水手瘦得就像几个月没吃饭的病人，骨瘦如柴的手却有着惊人的力气。那纤细的手臂，多沉重的粮箱都能轻松搬运，让人联想到铁制的烧火棍。接下来，就是等待航海所需的风了。

那个日本人吉次郎也跟中国水手一起搬运船货，帮忙修补船帆，但我们一直留意观察这个很可能左右我们今后命运的日本人的性格。目前我们可以看出，他的个性相当狡猾，而这种狡猾来源于他的软弱。

前几天，我们偶然看到了这样的场面。当中国工头盯着的时候，吉次郎装出一副全力工作的样子，但工头一离开现场，他马上就开始偷懒。水手们起初没吭声，后来可能是忍无可忍，一起向他发难。如果只是这样，倒也不算什么，但令人吃惊的是，仅仅是被三个水手推倒，腰上挨了一脚，他就脸色煞白，跪在沙滩上丑态百出地乞求原谅。这种态度与天主教忍耐的美德相去太远，纯粹就是懦弱和卑怯。他抬起埋在沙中的脸，用日语叫嚷着什么，鼻子和脸颊沾满沙子,嘴里流出肮脏的口水。这时,我似乎明白了为什么第一次见面的时候,他谈到日本信徒会突然噤口不言了。大概在讲述那些事的同时,他自己也为之恐惧不已。总之,由于我们慌忙介入调停,这场单方面的斗殴总算平息了。吉次郎从此常对我们露出卑微的笑容。

"你真的是日本人吗?"

加尔佩很不痛快地问。吉次郎惊讶地强调说,他是。加尔佩太过相信那些传教士描述的"连死都不怕"的日本人形象了。日本人当中,的确有脚踝浸在海水里,遭受连续五天的拷问也坚守信念的人,但也有吉次郎这样怯懦的人。而我们不得不把抵达日本后的命运托付给他。虽然他答应联系愿意藏匿我们的信徒,但如今我不知道,他的承诺可以相信几分?

不过,千万不要因为我这样写,就认定我们已经失去了斗志。倒不如说,一想到要将自己的未来托付给吉次郎这样的人,就莫名地觉得好笑。仔细想想,就连我们的主,也曾将自己的命运托付给了不可靠的人。无论如何,眼下除了相信吉次郎别无他法,那就相信他吧。

但有一件伤脑筋的事,就是他嗜酒如命。工作一天后,他把工头发给他的薪水全都拿去喝酒了。而他醉酒的样子也很不堪,让人觉得这个男人内心深处有某种刻骨铭心的痛苦回忆,他是为了忘记而喝酒。

在守卫炮台的士兵悠长而凄寂的号角声中，澳门的夜晚降临了。这里的修道院规矩跟我们国家一样，用完晚餐，在教堂祷告，之后司祭和修道士们手持蜡烛，各自回到房间。中庭的石板路上刚刚走过三十名男仆，加尔佩和圣·玛尔塔的房间也熄了灯。这里真是世界的尽头。

　　烛光下，我将手放在膝盖上，一动不动，静静地体会自己所处的这个你们不知道的、一生都不会造访的极地的感觉。这是一种无法描述的痛楚——眼前霎时浮现出远阔得仿佛没有尽头的可怕大海和去过的港口，心头犹如被揪紧般痛苦。我现在确实正在这个无人知晓的东方小城，这就像一场梦，不，这不是梦。想到这里，我恨不得大声叫喊：这是奇迹！我真的在澳门吗？我不是在做梦吗？我到现在都难以置信。

　　墙上爬过一只大蟑螂，刺耳的声音打破了夜晚的寂静。

　　基督复活后，出现在众门徒聚餐的地方，如是说道："你们往普天下去，传福音给万民听。信而受洗的必然得救，不信的必被定罪。"我现在正遵从他的诫命，不由得想起他的容貌。他有着一张怎样的脸庞，圣经只字未提。如您所知，早期的天主教徒将基督想象为一个牧羊人，穿着小外袍，披着短斗篷，一只手抓着扛在肩上的小羊的脚，另一只手握着拐杖，是我们国家常见的年轻人的打扮。这就是早期教徒心中简朴的基督形象。后来东方文化创造出长鼻子、卷头发、黑胡子、带有几分东方风格的基督容貌。中世纪许多画家描绘的基督更具王者的威严。但对今晚的我来说，他就是那幅收藏在博尔戈·圣塞波尔克罗的画里的模样。我还是神学生的时候见过那幅画，至今记忆犹新。基督单脚踏在墓上，右手拿着十字架，正面朝向我们，脸上带着鼓励的表情，就像在提比哩亚海边三次嘱咐门徒们"喂养我的小羊"时那么坚定有力。我从那张脸上感受到了爱。如同男子被恋人的容颜吸引一般，我总是被基督的脸吸引。

终于，距离出发只有五天了。除了自己的心，我们没有任何要带到日本的行李，因此专注于整理心绪。圣·玛尔塔的事我不想再写了，神最终没有赐予我可怜的同事恢复健康的喜悦。不过，神所做的一切都是好的，想来主已暗中为他准备了将要担负的使命。

II 塞巴斯蒂安·罗德里戈的书信

主的平安。基督的荣光。

我该怎样在有限的篇幅里，讲述我们两个月来遇到的种种事情呢？况且现在，我甚至不知道这封信能否到您手中。但我还是忍不住要写，也觉得有义务写下来。

我们的船从澳门出发后，一连八天天气都好得出奇。天空晴朗而蔚蓝，帆愉快地鼓起，时常可见成群的飞鱼闪着银光跃出水面。我和加尔佩每天早晨在船上做弥撒时，都感谢主赐予我们平安。不久，第一场暴风雨来袭，那是五月六日夜间。强风首先从东南方刮来，二十五名经验丰富的水手将帆桁降下，在前桅升起小帆，但到了半夜，船也只有任凭风浪摆布了。后来船的前方出现裂缝，开始进水，几乎一整晚我们都在不停地往裂缝里塞布条，把积水舀到船外。

天色开始泛白时，暴风雨终于停息了。我、加尔佩和水手们都筋疲力尽，躺在船货中间，仰望着含雨的乌云向东方飘去。那时，我想起了九十年前历经比我们更大的困难、终于抵达日本的圣方济各·沙勿略，他必定也在暴风雨过后的黎明见过乳白色的天空。不只是他，此后几十年间，好几十名传教士和神学生绕过非洲，经过印度，跨越这片海洋前往日本传教。德·赛凯拉主教、巴里尼亚、奥根蒂诺、戈麦斯、洛佩斯、格雷戈里奥……数也数不完。其中也有很多人像吉尔·德·拉·马塔一样，眼看日本就在眼前，却因船只失事而遇难。是什么激发出无比的热情，让他们能够忍受如此可怕的痛苦，现在我已经明白了。他们都凝视过这乳白色的云和向东飘去的乌云，当时他们心里在想些什么，我也明白了。

　　船货旁传来吉次郎痛苦的声音。这个胆小鬼在暴风雨期间几乎没帮水手的忙，脸色煞白地躲在船货中间发抖，周围到处都是白色的呕吐物，不住地用日语嘟囔着什么。

　　起初我们同那些水手一样，用轻蔑的眼光看着他，疲累之下，也无心去听他在用日语喃喃什么。但不经意间，我从他的话中听到了"伽拉萨（圣宠）"和"圣玛利亚（圣母）"的发音。这个像猪一样把脸埋在自己呕吐物当中的男人，的确连续说了两次"圣玛利亚"。

　　加尔佩和我面面相觑。这次海上之旅，吉次郎不仅没帮上我们的忙，反倒添了不少麻烦。这样一个人，会和我们站在相同的立场上吗？不，不可能。信仰绝不会把一个人变得如此懦弱卑怯。

"你是信徒吗？"加尔佩问。

吉次郎抬起被呕吐物弄得脏兮兮的脸，痛苦地望着我们，然后狡猾地假装没听到刚才的问题，脸上浮现卑躬屈膝的浅笑。向人谄媚地笑是这男人的习惯。我还好，加尔佩一直很反感他这种笑容，如果是刚毅的圣·玛尔塔，更是会非常恼火。

"我在问你问题。"加尔佩提高了声音，"你老实回答我，是不是信徒？"

吉次郎用力摇头。中国水手们透过船货的间隙，用好奇又轻蔑的眼神望着这边。如果吉次郎是信徒，我想不透他为什么连我们这些司祭也要隐瞒。我猜想，这个胆小鬼是害怕回到日本后，我们向官差泄露他是天主教徒的事实。但如果他的确不是信徒，为何会在极度恐惧时说出"伽拉萨"和"圣玛利亚"的字眼？不管怎样，这个男人引起了我的兴趣，我想我也会逐渐了解他的秘密。

直到那天为止，丝毫看不到陆地或岛屿的踪影。天空是无止境的灰色，偶尔有微弱的阳光照到船上来，让人眼皮沉重。我们被悲伤击垮了，只是盯着波浪起伏、仿佛朝我们露出白色獠牙的冰冷大海。但神并没有抛弃我们。

一个如死人般躺在船尾的水手突然叫了起来。从他所指的地平线上，一只小鸟飞了过来。这只横穿大海的小鸟，宛如黑点般落在昨夜被暴风雨撕裂的帆桁上。海面上飘来无数木片。我们料想，陆地已经不远了。然而喜悦很快变成了不安。如果这片陆地是日本，我们就不能被任何小船发现。因为小船上的渔夫们会立刻向官府报告：有外国人搭乘帆船漂流过来。

黑暗来临之前，我和加尔佩像两条狗似的蜷缩在船货中间。水手们只升起前桅的小帆，尽量远远绕过可能是陆地的地方。

深夜，船又开动了，我们尽量不让船发出动静。幸好没有月亮，天空黑沉沉的，没人发现我们。半里格高的陆地逐渐逼近，我们发现正在进入一个两侧是陡峭山脉的海湾，与此同时，也看到了海滩那边成排被压扁了似的低矮房屋。

吉次郎首先下到浅滩，接着是我，最后是加尔佩涉入还很冷的海水里。这里是日本吗？还是其他国家的岛屿？老实说，我们三人都不知道。

我们一动不动地躲在沙滩的低洼处，等待吉次郎探明情况。沙滩上有脚步声逐渐靠近，我们紧抓着湿衣服，屏住呼吸。一个头上包着布、背着筐的老婆婆从旁边走过，并没有发现我们。她的脚步声远去后，周遭重归沉寂。

"他不会回来了。他不会回来了。"加尔佩带着哭腔说，"那个胆小鬼不知跑哪儿去了。"

但我想到的是更可怕的命运。他不是逃走，而是像犹大那样去告密，很快就会带着官差出现。

"有一队士兵拿着火把和武器到这里来。"加尔佩低喃着圣经里的话，"耶稣知道将要临到自己的一切事……"

是的，我们这时应该想想客西马尼的那个夜晚，将自己的命运全部交付他人之手的主。然而对我来说，这段时间漫长得令人心碎。说实话，我很害怕，汗水从额头流到眼睛。我听到一队士兵的脚步声，看到火把在黑暗中阴森地燃烧着，越来越近了。

有人将火把向前照过来，火光中现出一个矮小老人红黑色的丑陋脸孔，周围五六个年轻男子带着困惑的眼神俯视着我们。

"Padre, padre." 老人画了个十字，小声唤道。那声音有着令我们感到安慰的温柔。我做梦也没想到，会在这里听到"Padre（神父）"这令人怀念的葡萄牙语。当然，除此之外，老人根本不懂我们国家的语言，但他在我们面前画了十字，那是我们共同的标志。他们是日本信徒。我只觉得一阵眩晕，勉强在沙滩上站了起来。这是我第一次踏上日本的土地。到这时，我才真切地体认到这个事实。

吉次郎躲在众人身后，露出卑微的笑容，那模样就像老鼠似的，一有风吹草动随时可以跑路。我羞愧地咬着嘴唇。主总是将自己的命运交给任何人，因为他爱世人，但我却怀疑吉次郎这个人。

"快走吧！"老人小声催促我们，"不能被那些 Gentio（异教徒）看到。"

Gentio——这里的信徒也知道这个葡萄牙语单词。一定是自圣方济各之后，我们诸多前辈教给他们的。开垦不毛之地，施肥耕耘到这般程度，该是多么困难啊！不过，撒下的种子已经萌生出可喜的嫩芽，培育它就是我和加尔佩今后的重大使命。

这天晚上，我们藏身在他们天花板低矮的家中，旁边就是牛棚，飘来阵阵臭气。但他们说，连这里也很危险。异教徒只要发现我们，就可以得到三百枚银币的奖赏，因此在任何场合，对任何人都不可掉以轻心。

但是，为什么吉次郎这么快就能找到信徒呢？

翌日早晨天还没亮，我和加尔佩便换上农民下地劳作的衣服，在昨天那些年轻男子的带领下，登上村庄后面的一座山。信徒们打算把我们藏在更安全的烧炭小屋里。浓雾隐没了树林和山路，很快雾也化成了细雨。

在烧炭小屋里，我们第一次得知现在身在何处。这是个距离长崎十六里格、名叫友义的渔村，不到两百户人家，在过去几乎所有村民都受过洗。

"现在呢？"

"神父，"带我们过来的一个叫茂吉的年轻人回头看看同伴，"现在我们毫无办法。如果被发现是天主教徒，我们就会被杀。"

当我们把挂在脖子上的小十字架送给他们时，他们的喜悦是我无法以笔墨形容的。两人都恭恭敬敬地俯伏在地，将额头贴在十字架上，反复礼拜了很久。据说，他们已经有很长时间连这样一个十字架都得不到了。

"还有司祭吗？"

茂吉紧握着手，摇了摇头。

"修道士呢？"

司祭自不待言，就连修道士他们也六年没遇到过了。六年前，有个叫米格尔·松田的日本司祭和耶稣会的马特奥·德·科洛斯司祭还暗中与这一带的村落保持联系，但两人都在一六三三年十月劳累过度而死。

"那这六年来，洗礼和其他的圣礼怎么办？"加尔佩问。没有比茂吉他们的回答更打动我们的了。请您务必将这事实转告我们的上司，不，不只是上司，希望整个罗马教会都知道。我现在想起了《马太福音》里的话："（种子）又有落在好土里的，就结实，有一百倍的，有六十倍的，有三十倍的。"他们没有司祭也没有修道士，还深受官府迫害，却偷偷成立了秘密组织。

在友义村，这个组织是这样建立的。他们从信徒中选出一名长老代替司祭的工作。我将茂吉告诉我的情况如实写在这里。

昨天在沙滩上遇到的老人被称为"爷爷"，在所有人当中地位最高，他保持身体的洁净，为村里的新生儿施行洗礼。"爷爷"手下有一群"爸爸"，负责暗中教信徒祷告并传授教义。还有称为"弟子"的村民，极力延续行将熄灭的信仰之火。

"不只是友义村，"我振奋地问，"其他村子应该也有这样的组织吧？"

但茂吉依旧摇了摇头。我后来才知道，在这个重视血缘的国家，同村的人就像一家人般紧密团结，对其他村庄有时却视同异族，存有敌意。

"神父，我们只相信自己的村民。这种事要是被其他村民知道了，一定会告诉地方官。捕吏每天都会巡视各村一次。"但我还是拜托茂吉他们帮忙寻找其他村子的信徒。我一定要尽早告诉他们，在这片荒废的、被抛弃的土地上，司祭高举着十字架又回来了。

从翌日起，我们开始了这样的生活:就像在地下墓穴①做礼拜的时代一样，我们在深夜做弥撒，清晨悄悄等待登山来访的信徒。每天，他们派两个人带来少许食物，我们聆听他们告解，教他们如何祈祷，为他们讲解教义。白天我们将小屋的门紧闭，不发出任何声响，以免被经过的人发现。生火和炊烟当然更是禁忌。

友义村西边的村庄和岛屿上可能还有信徒，但碍于这种形势，我们无法外出。不过，我终究要想个办法，把那些被抛弃的、孤立的信徒逐一找到。

---

① 公元三世纪之前，罗马帝国执政当局不断迫害基督教徒，教徒们只能躲在地下墓穴中举行宗教活动。

III 塞巴斯蒂安·罗德里戈的书信

听说到了六月，这个国家就会进入雨季，连绵不断地下上一个多月的雨。随着雨季的到来，警吏们的搜查也会有所放松，因此我打算利用那段时间到附近走走，寻找隐藏的天主教徒。我想尽早让他们知道，他们并不那么孤独。

我以前从未想过，司祭的工作竟是如此有意义。如今日本信徒们的感觉，大概就像失去海图、在海上遭遇风暴的船只。如果连一个鼓励他们、给予他们勇气的司祭或修道士都没有，恐怕会逐渐失去希望，在黑暗中徘徊。

昨天也下雨了。当然，这场雨并非雨季来临的前兆。然而一整天，环绕小屋的杂树林都发出阴郁的声音，时而树木颤动，摇落雨滴。每当此时，我和加尔佩都紧贴着木板门的缝隙向外张望，当发现那是风的恶作剧时，类似愤怒的心情就油然而生。这样的生活还要持续多久？的确，我们两人都变得格外焦躁和神经质，对方稍有差错，就会投以严厉的眼神，这是神经每天像弓弦一样紧绷的结果。

关于友义村信徒们的情况，容我向您做更详细的介绍。他们都是贫苦的农民，在不到三公顷的旱田里勉强种植小麦和番薯，没有人拥有水田。看到他们连临海的半山腰都开垦成耕地，与其说佩服他们的勤劳，不如说深切感受到他们悲惨生活的苦涩。尽管如此，长崎奉行还向他们征收苛捐杂税。在漫长的时间里，这里的农民像牛马一样劳作，也像牛马一样死去。我们的宗教之所以能如水渗入泥土般在当地农民中传播开来，就是因为这群人有生以来第一次感受到了人性的温暖，因为遇到了把他们当人看的人，是司祭们的仁慈打动了他们的心。

我尚未见过友义村的全部信徒。为了避免被警吏发现，每天只有两名信徒在深夜登山来到小屋。说实话，当我听到这些毫无知识的农民用我们的语言念叨"Deus（神）""Angelus（天使）""Beato（被宣福）"时，我忍不住微笑起来。他们还把告解圣礼叫作"康黑桑"，天堂叫作"哈那伊索"，地狱叫作"因赫鲁诺"。不过他们的名字不容易记，而且长相看上去都一样，让人很难办。我们把一藏误当成清助，把叫阿松的女人当成了佐纪。

茂吉我已经写过了，现在再写另外两名信徒。五十岁的一藏夜晚来到小屋，带着似乎在生气的表情，不管是望弥撒时还是弥撒结束后，他几乎不开口说话。但他并不是真的在生气，那就是他的本来面貌。他是个好奇心强的男人，布满细纹的眼睛总是睁得很大，仔细观察我和加尔佩的一举一动。

听说阿松是一藏的姐姐，多年前就已丧夫，是个寡妇。她有两次用背篓装着给我们的食物，和侄女阿仙偷偷过来。跟一藏一样，她的好奇心非常强，和侄女一起观察我和加尔佩吃饭。老实说，食物之粗陋是您想象不到的，只是几个烤番薯和水。看到我和加尔佩大口吃了烤番薯、喝了水，她们脸上露出了满意的笑容。

"我们吃饭的样子，就这么稀奇吗？"一天，同事加尔佩恼火地说。

她们听不懂这句话的意思，笑得脸像纸一样皱了起来。

我再稍微详细地向您介绍信徒们的秘密组织吧。在这个组织中有长老担任的"爷爷"，还有被称为"爸爸"的职位，"爷爷"负责洗礼，"爸爸"教信徒们祷告和传授教义，这些我已报告过了。"爸爸"还有查阅日历、告知众人教会节日的工作。据他们说，圣诞节、耶稣受难日、复活节都是在"爸爸"的指示下举行仪式。当然，在这样的节日里，没有司祭的他们是不可能望弥撒的，因此只是在一栋房子里偷偷展示旧的圣画，做做祷告而已。他们在祈祷时用拉丁语说"Pater Noster（我们在天的父）""Ave Maria（万福玛利亚）"，而且祈祷的间隙，他们还会若无其事地闲谈，因为不知道警吏什么时候会闯进来，万一闯进来了，也可以说只是在聚会。

岛原之乱后，地方政府开始彻底搜查隐藏的天主教徒，警吏每天巡视各村落一次，有时还会突然闯入民宅。

例如，去年颁布了一项法令，规定所有相邻的民宅之间不得建造围墙或篱笆，为的就是让每个人都能看到邻居家中的情况，如果有邻居形迹可疑就要立刻上报。报告我们这些司祭住处者赏三百枚银币，修道士赏两百枚银币，不拘什么样的信徒，只要发现就赏一百枚银币。您要明白，这笔钱对穷困潦倒的农民是多么大的诱惑。所以信徒们几乎不相信其他村子的人。我之前提到过，无论是茂吉、一藏还是那位老人，脸上都没有表情，仿佛戴着面具，现在我完全明白个中缘由了。他们连喜悦和悲伤都不能流露出来，长久的秘密生活让这些信徒的脸变得像面具一样，真是令人感到痛苦和悲哀。我不理解，神为什么要带给信徒们这样的苦难？

下封信中，我会写到我们正在寻找的费雷拉神父的命运和井上的事。（您还记得吗？他被澳门的范礼安神父称为日本最可怕的人。）请转告副院长卢修斯·德·桑克提斯神父，希望他接受我的祈祷和敬爱。

今天又下雨了。我和加尔佩躺在充当床铺的稻草上，在黑暗中抓挠着身体。最近脖子和背上总有小虫子爬来爬去，我们都睡不着。日本的虱子白天安安静静，一到晚上就厚颜无耻地在我们身上横行，真是无礼的家伙。

在这样的雨夜，没有人会登山来访，因此不只是身体，连每日紧绷的神经也得到了休息。我听着杂树林在雨中战栗的声音，心里想着费雷拉神父。

友义村村民对他的消息一无所知，但到一六三三年为止，神父的确藏身在距离这里十六里格的长崎。也就是在这一年，他和澳门范礼安神父的联络中断了。他还活着吗？抑或如传闻中所说，像狗一样在异教徒面前爬行，抛弃了自己为之奋斗终生的信仰？如果他还活着，如今身在何处，又是以怎样的心情倾听这沉重的雨声呢？

"如果去一趟长崎，"我下定决心，向正在和虱子搏斗的加尔佩说出打算，"或许能找到认识费雷拉神父的信徒。"

黑暗中，加尔佩停止扭动身体，低低咳嗽了两三声。

"要是被抓住就完了。这不只是我们两个人的问题，连藏匿我们的村民也会有危险。总之，不要忘记我们是这个国家传教的最后踏脚石。"

我叹了口气，清楚地感觉到加尔佩从稻草上坐起身，定定地看着我。我的脑海里逐一浮现茂吉、一藏还有村里其他年轻人的脸孔。有没有谁能替我们去长崎呢？不，那也行不通。他们都有相依为命的家人，和我们这些没有妻儿的司祭是不一样的。

"拜托吉次郎看看？"

加尔佩轻声笑了。我想起了吉次郎在船上把脸埋在呕吐物当中，还有向二十五名水手合掌求饶的胆小鬼模样。

"糊涂！"我的同事说，"他怎么靠得住？"

之后，我们之间是长久的沉默。雨犹如沙漏里漏下的细沙，有规律地落在小屋的屋顶上。在这里，夜晚和孤独已融为一体。

"有一天……我们也会像费雷拉神父一样被抓吗？"

加尔佩又笑了。

"比起这个问题，我更关心在背上爬的虱子。"

来到日本后，他一直很开朗。也许他是想装出开朗的样子，给我和他自己带来勇气。老实说，我也没想过我们会被抓。人是种奇妙的生物，内心深处似乎总觉得，别人或许在劫难逃，只有自己不论多么危险，必定能安然渡过。就像在雨天，想象着远方的山丘，只有那里有微弱的阳光照耀，我从未想过自己被日本人捕获的情景。虽然是躲在简陋的小屋里，却总觉得永远都安全。我不知道为什么会这样，真是很奇怪。

连下了三天的雨终于停了。我们清楚地看到，一道阳光从小屋木板门的缝隙射进来。

"我们出去走走吧。"我提议道。加尔佩高兴地微笑着点了点头。稍稍推开潮湿的门，就听到杂树林中鸟儿如同泉水喷涌般的歌唱。我以前从未体会到，活着是如此幸福的事。

我和加尔佩在小屋旁边坐下来，脱下衣服。虱子就像白色的灰尘，一动不动地躲在线缝里。用石子把它们一个个压扁，有种说不出的快感。也许警吏们每次杀死信徒时，都能体会到这种快感。

树林中还飘着薄雾，从雾气的空隙可以看到蔚蓝的天空和远处的大海。友义村如同牡蛎般紧贴着海岸。

被关在小屋里很久的我们，停下了压死虱子的手，贪婪地凝视着人间世界。

"这不是没事嘛。"

加尔佩惬意地裸露身体晒太阳，金色的胸毛闪着光亮，他露出洁白的牙齿笑了。

"看来我们过分害怕危险了。今后要偶尔享受一下日光浴。"

每天都是晴天，我们渐渐大胆起来，开始在充满嫩叶和湿润泥土气息的树林斜坡散步。加尔佩称这间烧炭小屋为修道院，随意散了会儿步后，就说出下面的话惹我发笑。

"回修道院去吧，吃顿热面包和浓汤。不过，这件事可不能告诉那些日本人。"

我们想起了在里斯本的圣沙勿略修道院和您一起度过的生活。不用说，这里既没有葡萄酒，也没有牛肉，我们的食物不过是友义村村民送来的烤番薯和煮蔬菜。但我从心底确信，一切都很安全，神会护佑我们。

有一天，我们像往常那样坐在杂树林和小屋之间的石头上聊天。傍晚的阳光从树叶的空隙漏下来，暮色渐浓的天空中，一只大鸟划出黑色的弧线，飞向对面的山丘。

"有人在看我们。"突然，加尔佩低着头，用低而尖锐的声音说，"不要动，保持这个姿势不要动。"

隔着刚才鸟飞出的树林，在那座沐浴着落日余晖的山丘上，两个男人正站在那里，朝我们这边看。他们显然不是我们认识的友义村村民。我们像石头一样僵硬不动，希望夕阳不要清楚地照出我们的脸。

"喂……你们是谁？"

对面的两人从山丘顶上大声喊道。

"喂……你们是谁？"

我犹豫了一下该不该回答，但又害怕引起对方怀疑，于是缄口不语。

"他们下了山丘，往这边来了……"加尔佩坐在石头上，低声说道，"不，不是往这边来，他们回去了。"

他们走下山谷，身影越来越小。但我们不知道两个男人站在夕阳下的山丘上，到底能不能看清我们。

那天夜里，一藏带着一个名叫孙一、隶属"爸爸"的男子上山了。我们说出今天黄昏时发生的事后，一藏细小的眼睛盯着小屋的一点，过了一会儿，他沉默地站起身，向孙一说了些什么，两人随即动手揭开地板。蛾子在鱼油灯旁飞舞，他拿起挂在木板门上的锄头，开始挖地。他们挥舞锄头的身影映在墙壁上。挖出足以容纳我们两人的洞后，他们在底下铺上稻草，上面覆上木板。今后一旦有紧急情况，这个洞就是我们的藏身之处。

从那天起，我们凡事都很小心，尽量不到小屋外面，晚上也不点灯。

接下来的事，发生在那之后第五天。那天我们为隶属"爸爸"的两名男子和阿松一块儿带来的婴儿施洗，一直进行到深夜。这是我们来日本后第一次举行洗礼，烧炭小屋里当然没有蜡烛也没有音乐，洗礼仪式的唯一道具就是村民有小缺口的碗，我们用来盛圣水。简陋的小屋里，婴儿在哭，阿松在哄他，一个男人在小屋外望风，然而听着加尔佩用庄重的声音念诵洗礼的祈祷文，比任何大教堂的祭典都更令我喜悦。那是只有远赴异国传教的司祭才能体会到的幸福吧。婴儿的额头被洗礼的水濡湿，脸皱成一团，大哭起来。他小头、细眼，将来必和茂吉、一藏一样，长成一张农民的脸。这孩子有一天也会像他的父亲、祖父那样，在这片面朝阴沉大海、贫瘠而狭小的土地上，像牛马般劳作，也像牛马般死去。然而，基督不是为至善至美而献身的。彼时我深刻地认识到，为善和美而死很容易，为悲惨、堕落的灵魂而死才是困难的。

他们走后，我们疲倦地钻进稻草堆里。小屋中还残留着男人们带来的鱼油的气味，虱子又在背上和腿上慢慢爬行。不知道睡了多久，因为加尔佩照常发出乐观的响亮鼾声，我没睡一会儿就被吵醒了。似乎有人在一点点摇晃小屋的门，起初我还以为是从下面山谷吹来的风穿过杂树林拍打在门上。我从草堆里爬出来，在黑暗中悄悄将手指放到地板上，那底下是一藏为我们挖的秘密洞穴。

晃门的声音停止了，传来男人低沉而悲伤的声音。

"神父，神父。"

那不是友义村村民的暗号。如果是友义村的信徒，会按照约定轻轻敲三下门。这时加尔佩终于醒了，他也一动不动地侧耳倾听。

"神父，"悲伤的声音再次响起，"我们……不是可疑的人。"

黑暗中，我们屏住呼吸，保持沉默。再愚蠢的警吏也会设下这种陷阱。

"您不相信我们吗？我们是深泽村的村民……我们已很久没见过神父了，我们想要告解。"

我们的缄默似乎让他们死了心，晃门的声音停止了，哀愁的脚步声逐渐远去。我把手搭到门上，打算出去。是的，哪怕他们是警吏设下的陷阱，我也不在乎，因为一个声音在我内心强烈地回响：如果他们是信徒，你会怎么做？我是为服务人类而生的司祭，因为肉体的怯懦而怠于服务是可耻的。

"别去！"加尔佩严厉地对我说，"别干傻……"

"傻也没关系，这不是出于义务。"

我打开门。那天晚上，月光多么皎洁，大地和树林都沐浴在银色的光辉中。两个衣衫褴褛犹如乞丐的男人，像狗似的蹲在那里，朝我们回过头。

"神父，您不相信我们吗？"

我发现其中一个男人脚上沾满了血，想必是上山途中被树桩割伤的。他们都已疲倦，累得快要倒下了。

这也难怪。他们从远在二十里格外一个叫五岛的海中岛屿，避开官差的视线一路走到这里。

"我们前阵子就到这山上了，五天前躲在那边的山丘，看到了这里。"

其中一人指着小屋对面的山丘。那天傍晚，在山丘上一直观察我们的就是这两个人。

我把他们带进小屋，拿出一藏送来的番薯干给他们，他们慌忙用两手塞到嘴里，野兽般狼吞虎咽地吃着。很明显，这两天他们几乎什么都没吃。

终于我们开始交谈。谁告诉他们我们在这里的？这是我们首先要问的事。

"我们当地的天主教徒吉次郎说的。"

"吉次郎？"

"是的，吉次郎。"

鱼油灯的灯影下，他们嘴里塞着番薯干，野兽似的蹲着。其中一个男人的牙齿几乎掉光了，露出仅有的两颗牙齿，笑得像个孩子。另一个男人在我们这些异国司祭面前很紧张，全身僵硬。

"可是，吉次郎应该不是信徒……"

"不，神父，吉次郎是天主教徒。"

这回答有些意外，但我们也曾猜想他是天主教徒。

情况逐渐明朗。吉次郎果然是曾经弃教的天主教徒。八年前，他和兄妹被嫉恨他家的人告密，作为天主教徒接受讯问。吉次郎的兄妹都拒绝踩踏绘有主容貌的圣像，只有吉次郎被官差稍加威胁，就叫嚷着"我要弃教"。兄妹立刻被下狱，他则被释放，但再未回到村子里。

火刑当日，有人在围绕刑场的人群中看到过这个胆小鬼。他的脸上沾满了泥，像条野狗，甚至没勇气目睹兄妹殉教，很快就消失了。

我们还从他们口中得知了惊人的消息。在他们的大泊村，所有村民至今仍背着官府信奉天主教。而且不只是大泊，附近的宫原、堂崎、江上等村落里，也隐藏着很多表面装作佛教徒，实际上是天主教徒的人。他们已经等了很久很久，希望有一天司祭从遥远的海外再次前来祝福他们，帮助他们。

"可是，我们已经没法望弥撒和告解了，大家只是做做祷告。"

脚上满是血的男人说道。

"快来我们村吧，神父。我们教我们的小孩祷告，一直在等神父到来的那天。"

黄牙快掉光的男人张开仿若空洞的嘴，点头赞同。鱼油燃烧着，发出豆子爆裂般的噼啪声。加尔佩和我怎么能拒绝这样的恳求呢？之前是我们太怯懦了。跟割伤了脚、露宿山中也要来找我们的日本百姓相比，我们实在太怯懦了。

天色泛白，清晨乳白色的冰凉空气潜入小屋。不管我们怎么劝，他们都不肯钻进稻草堆，只是抱膝而睡。不久，晨曦从木板间的缝隙射了进来。

两天后，我们和友义村的信徒们商量去五岛的事宜，最后决定加尔佩留在这里，我用五天时间接触五岛的信徒们。他们对这件事并不太高兴，还有人说可能是危险的陷阱。

约定的那天晚上，五岛的信徒悄悄到友义村的海岸来迎接。我换上日本农夫的衣服，这边的茂吉和另一个男人将我送上海边准备好的船。无月的黑暗海面上，只有划桨声有规律地响起。而划船的男人只是静默不语。一出海，波浪就汹涌起来。

突然，我感到害怕。一丝疑惑掠上心头。说不定正如友义村村民担心的那样，这男人是要出卖我的官府爪牙。为什么脚受伤的男人和缺牙的男人都没跟来？这种时候，日本人如同佛像般毫无表情的脸让我心里发毛。我蹲在船头，全身发抖，不是因为寒冷，而是因为恐惧。但我告诉自己，我必须去。

夜晚的海上，黑暗无边无际，天空没有一颗星星。在暗夜中船行两个小时后，我感觉到漆黑的岛影从船旁缓缓掠过。男人终于告诉我，那是五岛附近的桦岛。

上岸后，因为晕船、疲劳和紧张，我感到头晕目眩。在等待我的三名渔夫中，我发现了吉次郎那久违的卑微胆怯的笑容。村里的灯已经熄了，不知什么地方狗在急躁地吠叫。

五岛的农民和渔夫们是多么急切地等待司祭的，那个缺牙的男人并没有夸张。我现在都不知道该怎么办了，连睡觉的时间都没有。他们好像完全不理会禁教令，络绎不绝地到我藏身的家中来。我为孩子们施行洗礼，聆听大人们的告解。即使忙上一天，也依旧接待不完。他们就像在沙漠中长途跋涉的商队终于发现了绿洲，贪婪地畅饮我这水源。在这权充教堂的破败农家里，他们挤得满满当当，把散发出令人作呕气味的嘴靠近，忏悔自己的罪孽。连病人都挣扎着来到这里。

"神父……您不听我说吗？"

"神父……您不听我说吗？神父……"

滑稽的是，吉次郎和以前截然不同，被村民当成英雄捧上了天，得意地四处走动。不管怎么说，如果没有这个男人，我这个司祭也来不了这里，所以也难怪他扬扬自得。连他的过去种种，包括他一度弃教的事实，似乎也因此被完全遗忘了。大概这个醉鬼向信徒们夸大了在澳门和漫长的海上之旅的故事，把带两名司祭来到日本完全说成是自己的功劳。

不过，我并不想责备他。他的夸夸其谈虽然让我感到烦扰，但我也确实受了他的恩惠。我劝他忏悔，他也直率地坦白了自己从前的罪过。

我吩咐他要常记念主的话："凡在人面前认我的，我在我天上的父面前，也必认他。凡在人面前不认我的，我在我天上的父面前，也必不认他。"

这种时候，吉次郎就像挨了揍的狗一样，蹲下来用手打自己的头。这个天生的胆小鬼，无论如何都没有勇气。我严厉地对他说："你虽然本性善良，但意志薄弱，稍遇暴力就胆战心惊。能治好你的，不是你喝的酒，而是信仰的力量。"

我长久以来的猜想没有错。日本百姓渴望通过我得到的是什么？这些不得不像牛马一样劳作，也像牛马一样死去的人，第一次从我们的宗教中找到了一条摆脱枷锁的道路。佛教的和尚们与把他们当牛马一样对待的人沆瀣一气，在漫长的时间里，他们觉得这样的生活毫无指望可言。

到今天为止，我已经为三十个大人和孩子施洗。不只是这里的信徒，还有宫原、葛岛、原塚等地的信徒，他们从后山偷偷过来。我还聆听了五十次以上的告解。安息日的弥撒结束后，我第一次在那些信徒面前用日语祈祷、交谈。百姓们满眼好奇地注视着我。当我说话的时候，脑海里不时浮现出在山上布道的主的面容，以及或坐或抱膝听得入迷的人们的身影。为什么我会想起主的面容呢？或许是因为圣经里从未提及主的容貌，正因为没有提及，可以任由我想象。而且我从儿时起，就无数次将那张脸庞深埋在心中，就像一个人将恋人的容颜加以美化。我当神学生的时候，在修道院的时候，每当不眠之夜，内心总会想起他美丽的面孔。不管怎样，我很清楚这样的聚会多么危险，我们的举动迟早会被官差刺探到。

这里也没有费雷拉神父的消息。我遇到过两个曾经见过他的年老信徒，结果只得知他在长崎的新町盖了房子，收容被抛弃在路旁的婴儿和病人。当然，这是迫害变本加厉之前的事了。光是听到他们的话，我的心里就隐约浮现出那位神父的面容。他蓄着棕色的胡须，眼睛微微凹陷，就像过去对待我们这些学生一样，他也将手放在可怜的日本信徒们的肩上。

"那位神父，"我故意这么问他们两人，"很可怕吗？"

老人抬头望着我，拼命地摇头。他颤抖的嘴唇仿佛在说，从未见过那么和善的人。

回到友义村前，我告诉这个村落的人要成立那种组织。是的，就是友义村的信徒在没有司祭期间秘密成立的组织。选出"爷爷"和"爸爸",以便年轻人、孩子、新生命能够传承教义。在目前的形势下,只有依靠这样的方法了。这里的人对这种方法很感兴趣,但一旦谈到选谁当"爷爷""爸爸",他们就像里斯本的选民一样争吵起来了。其中吉次郎极其坚决地主张自己应该当选。

还有一件值得注意的事。这里的百姓跟友义村一样,不断向我讨要小十字架、纪念章或圣画。当我说那些东西都留在船上时,他们露出非常悲伤的表情。为此我不得不拆开自己的念珠,一颗一颗分给他们。日本信徒崇拜这种东西并非坏事,但我有种莫名的不安,怀疑他们是不是理解错了什么。

六天后的夜晚,我再次悄然乘上小船,划向黑暗的大海。划桨的吱呀声和海浪拍打船舷的声音听起来很单调,吉次郎站在船头小声哼着歌。想到之前乘同一条船前来这里时,突然攫住自己的难以形容的恐惧,我不禁微笑。一切都很顺利,我觉得。

来到日本以后,传教比想象中顺利。我们没有进行危险的冒险,就不断发现新的信徒,警吏们到现在也没有察觉他们的存在。我甚至觉得,澳门的范礼安神父过分畏惧日本人的迫害了。突然,一种难辨是快乐还是幸福的感觉涌上心头,那是体会到自己是有用之人的喜悦心情。在这个您从未见过的世界尽头的国家,我对这里的人们是有用的。

或许正因为如此,回程感觉没有去时那么漫长。当船发出嘎吱声,船底似乎撞上东西时,我才惊觉已经回到友义村了。

我躲在沙滩上，独自等待茂吉他们来接我。我甚至觉得，或许已无须如此警惕，并想起了加尔佩和我那晚刚抵达这个国家的心情。

有脚步声响起。

"神父！"

我欣喜地站起来，想要握住他满是沙子的手掌。

"快逃！您赶快逃走！"

茂吉急切地说完，将我一把推开。

"官差们到村子……"

"官差……"

"是的，神父，官差们已经探查到了。"

"连我们也……"

茂吉急忙摇头。我们藏身于此的事还没被发现。

茂吉和吉次郎拉着我的手，向村落相反的方向跑去。跑到田里，尽量躲在麦穗之间，朝我们小屋所在的山的方向前进。这时，开始下起蒙蒙细雨，日本的梅雨季节终于来临了。

Ⅳ　塞巴斯蒂安·罗德里戈的书信

看来我暂时还可以给您写信。之前我已经报告过，从五岛传教回来时，正碰上官差们到村子里搜查，想到加尔佩和我都平安无事，我就不由得衷心感谢主。

幸好"爸爸"等人在日本官差到来前，已迅速叫人把圣画、十字架等危险物品都藏了起来。这种时候，您不知道那个组织是多么有用。大家都若无其事地继续在田里干活，"爷爷"则一脸茫然地敷衍官差的问题。农民们凭借自己的智慧，在专制者面前装傻充愣。盘问了许久后，官差们终于筋疲力尽地放弃了，离开了村子。

一藏和阿松将这件事告诉我和加尔佩时，得意地露齿而笑。他们的表情流露出饱受压迫的人才有的狡黠。

只是，我至今仍无法理解，究竟是谁向官差报告了我们的存在？我觉得不会是友义村的人，但村民之间已经开始互相怀疑，我担心他们会因此而分裂。

不过除此之外，暌违数日的村子一片平和。在这间小屋里，白天也听得到山麓的鸡鸣，俯瞰山下，红色的花朵像绒毯一样盛开。

跟我们一起回到友义村的吉次郎，在这里也成了红人。听说飘飘然的他走家串户，夸张地描述我们在五岛时的情形，得意扬扬。每当他吹嘘我是如何受到岛上的信徒欢迎，而带我去的他又是如何备受夸赞的时候，这里的村民就会给他食物，有时还会给他酒喝。

有一次，喝得醉醺醺的吉次郎带着两三个年轻人来到小屋，不住地用手抚着黑红的脸，抽动着鼻子说：

"神父呀！有我在呀！只要有我在，什么都不用担心。"

年轻人带几分敬意看着他，这让他越发高兴，竟唱起歌来。唱完了，他又说："只要有我在，什么都不用担心。"然后脚一伸，毫无形象地睡着了。也不知他是老好人还是得意忘形，我对他竟有些恨不起来。

稍微向您介绍一下日本人的生活吧。当然，这仅限于我看到的友义村村民，只是将从他们那里了解到的情况如实报告，并不能代表整个日本。

首先您要知道，这里的百姓比葡萄牙任何穷乡僻壤的百姓都更贫穷、更悲惨。即使是富裕的百姓，一年也只能够吃上两次日本上层阶级吃的大米。通常来说，他们的食物是番薯、萝卜之类的蔬菜，饮料是白开水，有时还会挖草木的根来吃。他们坐的方式很特别，跟我们大不一样。膝盖放在地面或地板上，像我们蹲下时那样坐在腿上。对他们来说，这就是休息，但我和加尔佩在适应之前，对这种习惯深以为苦。

房屋几乎都是稻草屋顶，肮脏且充斥着难闻的气味。在友义村，只有两户人家有牛和马。

领主对领民拥有绝对的权力，比天主教国家国王的权力要大得多。征收年贡极为严厉，对怠慢者毫不留情地施以刑罚。岛原之乱也是因为百姓不堪忍受征缴年贡的痛苦而奋起反抗。听说友义村在五年前发生过一件事，一个叫茂左卫门的男人因为缴纳不出五袋米，妻子就被当作人质打入水牢。百姓是武士的奴隶，领主则凌驾于武士之上。武士非常重视武器，不论地位如何，到十三四岁，腰间都会佩带短刀和长刀。对武士而言，领主是绝对的君主，可以随心所欲地处死他们，没收他们的财产。

日本人无论冬夏都不常戴帽子，穿的衣服也不足以御寒。他们一般用镊子拔掉头发，所以完全秃顶，只在后颈处留下一绺长发，然后扎起来。佛教僧侣把头发全部剃光。但即使不是佛教僧侣，将家业传给儿子的人或武士当中，也有很多人剃发……

……事起突然，我现在尽量如实记述六月五日发生的事，但也可能只做简短的报告。眼下，危险不知何时就会降临，实在没有时间详细道来。

六月五日将近中午时，我感觉山下的村落发生了不寻常的事。透过杂树林，不断有狗的叫声传来。在晴朗宁静的日子里，隐约听到鸡犬之声并不稀奇，对藏在这间小屋里的我们来说还是一种安慰。但今天不知为何，这声音却让我们深感不安。不祥的预感驱使我们来到杂树林东侧，从这里可以将山麓的村落一览无余。

首先映入眼帘的，是沿海通往村落的大道上扬起的白色沙尘。这是怎么回事？一匹没有鞍具的马发狂似的从村落里跑了出去，村落的出口站着五个显然不是村民的男人，一望便知是在严防死守，不让任何人逃走。

我们立刻意识到，是官差们来搜查村落了。加尔佩和我连滚带爬地回到小屋，把所有能看出我们生活痕迹的物品都埋到一藏为我们挖的洞穴里。完成这项工作后，我们鼓起勇气，穿过树林往下走，决心将村落的情形看得更清楚些。

村落悄无声息。正午炽热的阳光照在大道上，也照在村落里。贫寒农舍映在路上的影子清晰可见。不知怎的，没有人走动的迹象，连刚才听到的狗吠声也戛然而止，友义村宛如一座被遗弃的废墟。尽管如此，我还是能感受到笼罩着村落的可怕的沉默。我竭尽全力地祈祷。虽然我很清楚，祈祷并非为了祈求这世间的幸福和好运，但我还是不能不祈祷，希望这午间可怕的沉默赶快、赶快从村落消失。

狗又开始叫了，把守村落出口的男人们跑动起来。接着，一位被称作"爷爷"的老人出现了，他被绳索捆绑着，夹在男人们当中。戴黑色斗笠的武士在马上呼喝一声，男人们随即在老人后面排成一列，警惕着身后向前走。挥鞭的武士独自策马在大道上奔驰，白色沙尘飞扬，中途回头来看。我到现在都清楚地记得马扬起双蹄直立的样子，以及老人踉踉跄跄被男人们拖拽着走的背影。正午白晃晃的阳光下，他们就像蚂蚁般在大道上前进，身影越来越小，终于消失了。

晚上，从带着吉次郎上山的茂吉口中得知了详细的情况。官差们在正午前就出现了，这次和上次不同，村民事先不知道他们要来搜查，人们仓皇逃窜，武士怒斥着部下，纵马在村落里来回疾驰。

尽管他们知道在哪一家都找不到天主教徒的证据，但并没有像上次那样放弃离开。

武士将村民们集中到一个地方，宣布如果不坦白一切，就要扣押人质。然而没有一个人招认。

"我们从未拖欠过年贡，也认真服劳役，""爷爷"极力向武士申辩，"葬礼也都是在寺庙里举行。"

武士没有答话，用鞭子指了指"爷爷"。霎时，站在他身后的警吏迅速用绳子将"爷爷"绑了起来。

"看着吧，狡辩的话我不会浪费口舌。最近有人来报告，你们当中有人偷偷信奉被禁止的天主教，如果有人痛快说出哪些人在违法犯禁，给一百块银币。但如果你们不交代，三天后我还会再来抓人质。你们还是好好想想吧！"

村民们站得笔直，默不作声。男人、女人、孩子们，全都沉默不语。好久好久，这些信徒就这样同敌人对峙。如今回想起来，就是在这寂无声息的时刻，我们正好在山上凝视着村落。

武士掉转马头到出口方向，挥舞着鞭子离开了。"爷爷"被绑在马后，倒下，又站起来，再倒下，被拖拽着，男人们把他扯起来，让他站住。

这就是我们听说的六月五日发生的事。

"是的，神父，我们不会供出神父的事。"茂吉说，他穿着下地劳作的衣服，双手规规矩矩地放在膝上。"官差即使再来，我们也不会说。不管发生什么事，我们都不会说的。"

他会这么说，可能是看到我和加尔佩脸上露出了一丝惧意。倘若真是这样，那着实令人羞愧。不过就连素日遇到任何事都很开朗的加尔佩，这时也痛苦地注视着茂吉，难怪茂吉会这样说了。

"可是这样下去，总有一天你们都会被抓去当人质。"

"是的，神父。就算那样，我们也不会说的。"

"那不行。与其如此，不如我们两个离开这座山。"加尔佩望向怯生生地坐在我和茂吉旁边的吉次郎，"譬如说，不能去他的岛上吗？"

吉次郎闻言，满脸恐惧，闷声不响。事到如今，这个胆小懦弱的男人因为将我们送到这里而卷入事件，内心为难至极。他似乎在用小小的脑袋拼命思考，想找到既能维持自己作为信徒的颜面，又能保住自己性命的办法。他眼睛里闪着狡猾的光，苍蝇似的搓着手，说："官差很快也会搜查到五岛，与其逃到这附近，不如去更远的地方。"当晚，他们并没有讨论出结果，又悄悄下山去了。

翌日，友义村的村民开始动摇了。我现在无意指责他们，但据茂吉的报告，他们分成了两派，一派认为应该将我们转移到别的地方，另一派则坚持为我们提供庇护。甚至有人表示，是我和加尔佩为村子招来了灾祸。不过，茂吉、一藏、阿松表现出了出人意料的坚定信念，他们无论如何都要保护我们。

这种动摇给了官差可乘之机。六月八日，这次来的不是那名骑马的凶恶武士，而是个上了年纪的武士，带着四五名随从，微笑着让众人明白利害得失。他提议，如果有谁如实说出天主教这一邪教的信奉者，就减轻他今后的年贡。对日本农民来说，减轻年贡是多么大的诱惑啊！但这些贫苦的农民还是战胜了诱惑。

"既然说到这份上你们还是摇头，那我也只能相信你们的话了。"

年老的武士回头看了随从一眼，笑了。

"不过，你们和告密者各执一词，孰是孰非，非请示上司不可。之后人质也会放回来。明天你们派三个人去长崎，不会对你们不利，所以无须担心。"

声音和话语里都不带恐吓的意味，正因如此，村民们才知道这是个陷阱。当晚，友义村的男人们就明天派谁去长崎争论了很久。派去接受讯问的人可能会被当作人质，甚至可能无法生还，一念及此，连担任"爸爸"的人都踌躇了。村民们聚集在昏暗的农家，彼此窥伺着对方的脸，暗暗祈祷自己能逃过这个差事。

大家指定吉次郎，就是出于这一缘故。吉次郎不是友义村的人，他来自外乡，而且每个人心里大概都觉得，这次的灾难归根结底是因他而起。可怜怯懦的他被迫充当众人的替罪羊，一时心慌意乱，两眼含泪，最后竟破口大骂起来。但村里的人说，求求你了，我们都有老婆孩子，你是外村的人，官府不会对你严加追究的，你就替我们去吧！定是在他们双手合十的恳求下，软弱的他终于无法拒绝。

"我也去。"这时，一藏突然开口了。平素沉默固执的他突然说出这样的话，大家都吃了一惊。于是茂吉也主动提出前往。

六月九日。从清晨起就下着雾一般的细雨，小屋前的杂树林笼罩在蒙蒙细雨中，看不分明。他们三人穿过树林上山来，茂吉似乎有些兴奋，一藏依旧眯着眼默不作声，两人身后的吉次郎像条被主人揍了的狗，用可怜兮兮的眼神怨恨地看着我们。

"神父，他们会让我们践踏基督圣像①的。"茂吉低着头，自言自语般地说，"不踏的话，不光是我们，村里所有人都会遭到讯问。啊，我们该怎么办？"

我的心头涌起怜悯之情，不由得说出你们大概绝不会说的话。从前加布里埃尔神父在云仙遭受迫害，日本人将圣像摆在他眼前

---

① 江户幕府实施禁教令后，采用踏绘仪式甄别隐藏的天主教徒，即命人踩踏刻有基督像、圣母像的木板或金属板，拒绝踩踏的天主教徒将被逮捕并处刑。

时，他说"要我踩踏这个，不如砍下我的脚"。我记起他的这番话，也知道面对放到自己脚前的圣像，许多日本信徒和神父的心情是一样的。可是我如何能以此要求这三个可怜人呢？

"可以踏下去的，可以踏下去的！"

我这么喊出来之后，才意识到自己说了作为司祭不该说的话。加尔佩责备地看着我。

吉次郎眼里依旧含着泪。

"为什么神要赐给我们这样的痛苦呢？神父，我们什么坏事也没做呀！"

我们默默无言。茂吉和一藏沉默地盯着虚空的某处。我们在这里齐声为他们做最后的祈祷。祈祷结束后，三人下山而去。我和加尔佩久久地凝视着他们逐渐消失在雾中的身影。如今想来，那是我们最后一次见到茂吉和一藏。

又许久未动笔了。前面已写过友义村被官差突击搜查的事，为此，我们不知做了多少祷告，希望在长崎接受审问的三人能和"爷爷"一起平安回来。村里的信徒们同样每晚都在偷偷祈祷。

我并不认为神赐予的这次考验毫无意义。主所赐的一切都是好的，总有一天，我们会完全理解为什么要遭受这样的迫害和苦难。然而我写下这件事，是因为出发那天早晨吉次郎低着头念叨的话，渐渐成为我内心沉重的负担。

"为什么神要赐给我们这样的痛苦呢？"然后他转头看向我，

眼里满是怨恨，"神父，我们什么坏事也没做呀！"

如果把这个胆小鬼的抱怨当成耳边风，便什么事都没有了，但为什么他的话会像尖锐的针一般，深深刺痛我的心呢？主为什么要给予这些悲惨的百姓、这些日本人迫害和拷问的考验？不，吉次郎想说的是更可怕的事，那就是神的沉默。宗教迫害至今已二十年了，日本这片黑土地上，充斥着多少信徒的呻吟，司祭鲜血横流，教会的塔倒塌了，面对如此惨烈的牺牲，神却依然保持沉默。我分明感到吉次郎的抱怨里包含了这层疑问。

不过，现在我只能告诉您他们后来的命运。三人到奉行所后，被关在后面的牢房里，两天后才受到官差的审讯。不知为何，讯问是从令人讶异的程式化问答开始的。

"你们知道天主教是邪教吧？"

茂吉代表大家点了点头。

"有人指控你们信奉邪教，你们怎么说？"

三人回答自己是佛教徒，谨遵檀那寺僧侣的教诲。

官差紧接着说：

"既然如此，就在这里踩踏圣像看看吧。"

他的脚边放了一块嵌有抱着圣子的圣母像的木板。听从我的建议，吉次郎率先踏了下去，随后茂吉、一藏也有样学样。但若以为这样就能过关，那就错了。坐成一排的官差们脸上慢慢露出冷笑，他们一直在留意的，不是三个人踏下去的结果，而是他们踏下去时的表情。

"你们以为这样就能骗过上头吗？"其中一名年老的官差说。三人这时才发现，那个老人就是前几天去过友义村的老武士。"刚才你们呼吸粗重，这可逃不过我的眼睛。"

"不，我们没有紧张！"茂吉拼命嚷道，"我们不是天主教徒！"

"那就再照我说的做。"官差命他们朝圣像吐口水，骂圣母是人尽可夫的娼妇。我后来才得知，这就是范礼安神父所说的最危险的人物——井上发明的方法。曾为了出人头地而受洗的井上，深知日本贫穷的信徒们最崇拜的是圣母。事实上，我也是来到友义村之后，才知道村民们有时对圣母的崇拜更胜基督，这着实有些令人担心。

"不敢吐口水吗？叫你们说的话，一句都说不出来吗？"

一藏两手拿着圣像，警吏在后面戳他，他极力想吐口水，却说什么也做不到。茂吉低垂着头，一动不动。

"怎么回事？"

在官差的严厉催促下，茂吉眼中终于流出泪水，顺着脸颊滑落。一藏也痛苦地摇着头。就这样，两人的身体终于承认自己是天主教徒。只有吉次郎被官差威胁后，喘着气说出亵渎圣母的话。接着，官差命令他：

"吐口水……"

他朝圣像上吐了永远擦不掉的、屈辱的口水。

讯问结束后，茂吉和一藏两人在牢房里被关了十天。我说"两人"，是因为弃教的吉次郎被赶出了牢房，就此销声匿迹。不用说，他到今天也没有回到这里。想来委实无颜回来吧。

梅雨季节开始了，每天都下着绵绵细雨。我第一次体会到，这梅雨是如此阴郁，足以令世间一切从表面到根部都朽烂。村子荒凉得如同墓地，谁都清楚等待两人的命运是什么。他们担心不久自己也将同样遭受讯问，几乎无人下地干活。萧索的田地前方，是黑沉沉的海。

六月二十日。官差再次骑马到村里宣布，已决定将茂吉和一藏在长崎游街示众后，在友义村的海边处以"水磔"之刑。

六月二十二日。村民们看到笼罩在梅雨中的灰色街道上，有豆粒大小的队伍从远处向这边行进。不久，他们的身影逐渐清晰。队伍正中间，一藏和茂吉垂着头，双手被绑在无鞍的马上，一群男人将他们团团围住。村民们紧闭家门，不敢外出。在队伍后面，跟了一大群从沿途村庄加入看热闹的人。（从我们的小屋也看得到这支队伍。）

到了海边，官差命男人们生火，给被雨淋湿的一藏和茂吉取暖，听说还格外开恩给了他们一小碗酒。听到这句话时，我突然想起基督濒死之际，有人用海绵蘸了醋给他喝的事。

他们将两根木头钉成十字架，竖立在海边。一藏和茂吉被绑在上面。到了夜里涨潮时，海水会漫到两人下巴附近。两人不会立即丧命，总得经过两三天时间，在身心疲累至极后才断气。官差的目的，是让友义村村民和其他百姓充分目睹他们长时间的苦痛,以后不敢再接近天主教。茂吉和一藏在过午时分被绑到木桩上,官差留下四个人监视,再次骑马离去。因为下雨和寒冷,一开始聚在海边看热闹的人也渐渐回去了。

涨潮了。两人一动不动。海浪淹没了他们的身体、双脚和下半身,发出单调的声响涌上昏暗的海滨,又发出单调的声响退去。

傍晚,阿松和侄女给监视的人送饭,问能不能也给那两个人吃点东西,得到允许后,乘小船来到两人旁边。

"茂吉,茂吉!"阿松喊道。

据说茂吉应了一声。于是阿松再叫"一藏、一藏",但年纪大的一藏已经说不出话来了。不过,从他头部偶尔轻微的摆动可以看出他还活着。

"很痛苦吧!要忍耐啊!神父和我们都在为你们祈祷,你们一定会去天国的。"

阿松拼命地鼓励他们,想把带来的番薯干放到茂吉嘴里,但茂吉摇了摇头,可能是觉得反正要死,不如尽早脱离苦海。

"阿婆,给一藏吧。"茂吉说,"不要给我,我已经受不了了。"

阿松和侄女无可奈何,哭着回到了海滨。回来后,她们依旧淋着雨放声大哭。

夜幕降临了。监视的男人们烧起篝火,从我们的山间小屋依稀可见那红色的火光。友义村的村民群聚在海边,凝视着黑暗的大海。天空和海面都一片漆黑,连茂吉和一藏在哪里都看不清,也不知道他们是生是死。大家哭泣着,在心里默默祈祷。这时,在海浪声中，他们听到了像是茂吉的声音。不知是为了告诉村民自己的生命还未消逝，还是为了鼓励自己，这个青年奄奄一息地唱起了天主教的歌。

　　去吧，去吧

　　去天国的教堂吧

　　天国的教堂……

　　遥远的教堂

　　大家默默地听着茂吉唱，监视的男人也在听。歌声在雨声、海浪声中，断断续续地传来。

　　六月二十三日。下了一天的毛毛雨。友义村的村民又聚在一起，远远注视着绑有茂吉和一藏的木桩。海滨被雨水笼罩着，无边无际的荒凉，仿佛坑坑洼洼的沙漠。今天没有附近村庄的异教徒来看热闹。退潮后，只有绑着两人的木桩孤零零地竖立在远处。木桩和人已经分不出了，茂吉和一藏仿佛都粘在木桩上，跟木桩融为一体。不过，从传来的像是茂吉的低沉呻吟可以知道，他们还活着。

　　呻吟声不时中断。茂吉已经没有力气像昨天那样唱歌鼓励自己了。中断约一个小时后，声音又随风传到村民耳中。每次听到那野兽般的低吟声，村民们就浑身颤抖，哭泣不已。午后，潮水又逐渐上涨。海的颜色愈发黑沉而冷冽，木桩似乎沉入了海里。

海浪卷起白色的泡沫，不时越过木桩拍打着岸边。一只鸟低低地掠过海面，飞向远处。就这样，一切结束了。

他们殉教了。可那是怎样的殉教呵！长久以来，我梦到过无数次如《圣人传》上所记的殉教——殉教者的灵魂回归天堂时，天空充满荣光，天使吹响号角，是这样煊赫的场面。然而我现在向您报告的日本教徒的殉教，却不是那般的煊赫，而是如此悲惨、如此痛苦。啊，雨无休无止地落在海上，海在杀了他们后，仍旧森然地沉默着。

傍晚，官差又骑马来了。负责监视的男人们依照指示，收集潮湿的木片，开始焚烧从木桩上解下来的茂吉和一藏的尸体。这是为了防止信徒将殉教者的遗物珍重地带回。尸体烧成灰后，再抛到海里。他们点燃的火焰在风中摇曳，闪着黑红的光，烟雾从沙滩上飘过，村民们一动不动，只以空洞的眼神定定地望着流动的烟雾。一切结束后，他们像牛似的耷拉着头，拖着脚步回家去了。

今天写这封信的过程中，我有时会走出小屋，去俯瞰大海，那也是相信我们的两个日本农民的坟墓。海只是延伸向前方，阴郁而黑暗。灰色的云层下，连岛的影子也没有。

一切都没变。您可能会说，他们的死绝非毫无意义，那将成为教会的基石。主绝不会赐予我们无法克服的考验。茂吉和一藏此刻已在主的身旁，他们和日本此前众多殉教者一样，获得了永恒的幸福。这些道理我当然也明白。可是为什么，现在会有类似悲哀的感情留在我心头？为什么被绑在木桩上的茂吉奄奄一息唱的歌，会伴随着痛苦浮现在我脑海里？

　　去吧，去吧
　　去天国的教堂吧

　　我听友义村的人说，许多信徒被押到刑场时都会唱这首歌。这是一首旋律悲伤忧郁的歌。对这些日本人来说，这人间太苦了。因为痛苦，他们只有依靠天国的教堂才能活下去。这首歌似乎饱含着这样的悲伤。

　　我到底想说什么，连我自己也不太清楚。只是，我无法忍受在茂吉和一藏为主的荣光而呻吟痛苦、最终死去的今天，海依旧发出阴沉单调的声音侵蚀着海岸。这片海可怕的寂静背后，我感到的是神的沉默——在人们的悲叹声中，神仍然袖手旁观，保持沉默……

　　这可能是我最后一次报告了。今天早上我们得知，官差正召集人手，准备明天来搜山。我们必须在搜山之前将小屋恢复原貌，清除所有藏身过的痕迹。今晚离开，要去哪里，加尔佩和我还没有决定。我们讨论了很久，是两个人结伴逃亡还是分开。最后我们决定分头行动，这样即便一个人落入异教徒之手，还有另一个人留下来。可是，留下来究竟有何意义呢？加尔佩和我绕道炎热的非洲，穿越印度洋，从澳门来到这个国家，并不是为了像这样一味东躲西藏，不是为了像田鼠似的躲在山中，从贫穷的农民那里得到一点食物，还见不到信徒，终日窝在烧炭小屋里。我们舍弃了多少自己的梦想啊……

然而，有一名司祭还留在日本，恰如罗马地下墓穴的圣烛台上还有一盏油灯在燃烧——至少有这样一层意义。所以加尔佩和我发誓，在分别之后，我们要尽一切努力活下去。

所以，即使今后我的报告中断（此前的报告能否送到您手中我也没把握），也请不要认为我们两人已经死了，因为在这片荒芜的土地上，必须留下一柄虽然很小，但仍能开垦的锄头……

我不知道海延伸向何方，不知道黑夜从何处开始，也看不清哪里有岛屿。只有身后划船的年轻人的呼吸声、吱呀吱呀的桨声、海浪拍打船舷的声音，让我感觉自己现在在海上。

一小时前我和加尔佩分别了。我们各自搭乘小船离开了友义村，他的船在吱呀的桨声中，静静地朝平户方向驶去。黑暗中看不到他的身影，甚至没有时间向他道别。

只剩下我一个人时，我的身体不由自主地颤抖起来。说不害怕是假的。无论信仰多么坚定，肉体的恐惧依旧会不断袭来，完全不受意志控制。有加尔佩在，我们可以像分享面包一样分担恐惧，但从现在起，我必须独自在这夜晚的海上，一人承担寒冷和黑暗。（所有来到日本的传教士都体会过这种颤抖吗？他们怎么应对呢？）不知为何，吉次郎那张像胆怯老鼠般的小脸浮现在我脑海里，就是那个在长崎奉行所践踏圣像后逃跑的懦夫。如果我不是司祭，只是个信徒，或许也这么逃走了。促使我在黑暗中前进的，是身为司祭的自尊和义务。

我向划桨的年轻人讨水喝，但他没有回应。自从殉教事件后，我渐渐明白，友义村村民觉得给他们带来灾祸的外国人是个沉重的负担。如果有可能，这个年轻人恐怕也不想划船送我。为了润湿干渴的舌头，我用手指蘸海水舔了舔，这让我想起基督在十字架上舔醋的味道。

船慢慢改变方向，从左边传来海浪拍打岩石的声音。我记得以前同样乘船去岛上的时候，我也听到过低沉如同击鼓的海浪声。应该是从这里开始，形成很深的海湾，海水冲刷着岛上的沙滩。但整个岛屿笼罩在黑暗之中，看不出哪里有村落。

不知有多少传教士和现在的我一样，乘小船到这岛上来。然而，他们的情况和我截然不同。他们在日本时，是一切都得到好运眷顾的时代，到处都有安全的地方，可以找到能安稳入睡的住所和欢迎他们的信徒。领主们竞相保护他们，虽然并不是出于真正的信仰，而是为了获取贸易上的利益，但他们也利用这个机会发展信徒。不知为何，我蓦地想起了在澳门时范礼安神父说的话："那个时候，我们传教士很认真地讨论过，在日本应该穿丝绸修道服还是棉布修道服。"

想到这句话，我抚摩着膝盖，对着黑暗小声笑了。请不要误会，我并非瞧不起那个时代的传教士，只是在这海蛆爬来爬去的小船里，穿着友义村的茂吉给的破旧田间劳作服的这个男人，也跟那些人一样是司祭，我突然觉得很可笑。

漆黑的悬崖渐渐靠近了。从海滩飘来腐烂的海藻气味。船底开始刮到沙子时，年轻人从船上跳下来，站在海里，用双手推船头。我也在浅滩处下了船，深深地呼吸着咸咸的空气，最后上了岸。

"谢谢你。村落是在这上面吧？"

"神父，我……"

虽然看不到他的表情，但听声音我就知道这个年轻人不想再陪着我了。我挥了挥手，他松了口气，急忙跑向海里。黑暗中传来他跳上船的沉闷的声音。

听着桨声渐渐远去，我不禁想，加尔佩如今在哪里呢？我像母亲安慰孩子似的告诉自己，有什么好怕的，然后在凉爽的沙滩上迈开脚步。我认得路。从这里一直往前走，就会走到以前欢迎过我的那个村子。我听到远处有某种低沉的叫声，那是猫在叫。那时的我以为，很快就可以休息了，还可以找到一些充饥的食物。

到了村口附近，猫低低的叫声听得更清晰了。随风飘来一股令人作呕的臭味，像是鱼腐烂的味道。我踏进村子，发现每一间小屋都寂静得可怕，一个人也没有。

整个村庄与其说是废墟，不如说刚刚惨遭战火蹂躏。虽然没被焚毁，但路上随处可见破碎的碗碟，所有的屋子都敞开着，门都被砸坏了。猫低沉地叫着，旁若无人地从空屋里衔了什么东西到处游荡。

我在村子中央站了很久，一动不动。说也奇怪，当时我没有不安，也没有恐惧，脑海里只有一个与感情无关的声音在反复回响：这是怎么回事？这是怎么回事？

　　我尽量不发出声音，从村子的一头走到另一头。瘦骨嶙峋的野猫在四处晃荡，也不知是从哪儿来的，有的满不在乎地从我脚下穿过，有的蹲在地上目光灼灼地瞪着我。我感到又渴又饿，走进一栋空屋寻找吃食，但最后能进嘴的，只有盆中的积水。

　　一天的疲劳在这时将我打倒了。我像骆驼似的靠在墙上睡了过去。半梦半醒间，感到猫在身边走来走去，寻找腐臭的鱼干。有时睁开眼，透过被打破的门缝，可以看到漆黑的夜空，没有一颗星星。

　　早晨的寒气让我咳嗽起来。天空泛白，从小屋中望出去，依稀可见村庄背后的群山。一直待在这里太危险了。我站起来，走到路上，打算离开这个无人的村庄。路上和昨晚一样，散落着碗、碟和破布。

　　去哪里好呢？沿着海边走容易被人盯上，不如翻过山更安全。应该还有信徒们秘密聚居的地方，就像一个月前的这个村庄一样。先要找到那里，了解清楚全部的状况，再考虑自己该怎么做。这时，我忽然想起了昨晚分手的加尔佩，不知道他现在命运如何了。

　　我在村里挨家挨户地找，终于从几乎无处下脚的狼藉之中找到了一点米。我用掉在路上的破布包起来，向山上走去。

　　沾染露水的泥土弄脏了我的脚，我沿着一层层梯田往上攀登，到达第一座山丘顶上。望着精心耕种的贫瘠土地、用老旧石墙隔开的梯田，我深切感受到信徒们的贫穷。在沿海狭窄的土地上，他们既无法生存，也缴纳不出年贡。小麦和谷子长势瘦弱，粪肥臭气熏天。成群的苍蝇逐臭而来，嗡嗡地从我脸边掠过。破晓的天空下，群山显露出利剑般的身姿。今天也有一群乌鸦嘶哑地叫着，在混浊的白云下飞舞。

来到山丘顶上，我停下脚步，俯瞰村落。稻草屋顶的房子紧挨在一起，整个村落看上去就像一小撮褐色的土块。小屋是用泥和木头盖成的。路上和黑色的海滨都杳无人影。我靠在一棵树上，眺望着山谷间弥漫的乳白色雾霭。只有早晨的海是美丽的。海面上散布着几座小岛，在微弱的阳光下像根针似的闪闪发光。海浪拍打着海岸，激起白色的泡沫。我想到从沙勿略神父、卡布拉尔神父、范礼安神父开始，多少传教士在信徒们的保护下往返于这片海。沙勿略神父来平户时，一定到过这里。那位德高望重的日本传教士托雷斯神父，一定也曾多次造访这些岛屿。他们处处受到信徒们的仰慕和欢迎，拥有用鲜花装饰的小巧美丽的教堂，而不必像我这样，漫无目的地在山里逃匿。想到这里，不知为何，我笑了起来。

今天也是个阴天，但似乎会很闷热。一群乌鸦执拗地在头顶盘旋，我停下脚步，它们那带着压迫感的阴沉叫声就停止了，我一迈步向前，又会追上来。有一只乌鸦不时停在附近的树枝上，扇动着翅膀向这边窥伺。我朝那不祥的鸟儿扔了一两次石子。

临近中午，我抵达了形如剑锋的山脊。我一直挑能看到海和海岸的路走，留意海边有没有村庄。阴霾的天空中，含雨的云如船只般缓缓流动。我坐在草地上，细细咀嚼着从村里偷来的米和在梯田上找到的黄瓜。青涩的黄瓜汁给了我少许力量和勇气。风从草地吹过，我闭上眼，感觉到风中有股烧焦的味道，于是站起身来。

那是生过篝火的痕迹。有人之前从这里经过，收集了树枝烧火。我将五根手指探进灰堆中，里面隐约还有余温。

是应该折回，还是继续走下去，我为此思考了很久。在无人的村庄和褐色的山里流浪了一天，谁都没有遇见，我的气力却已经衰弱。不管什么人，只要是人就想追上去的欲望和由此可能带来的危险，让我苦恼了片刻，最后还是输给了诱惑。我安慰自己，连基督也无法抵挡这种诱惑，因为他下山去找人了。

烧篝火的人去了什么方向，是立刻就能猜到的，因为只有一条路。他必是沿着这山脊，往与我来时相反的方向去了。我抬头望天，白色的太阳在阴暗的云层里闪耀，沐浴着阳光，另一群乌鸦嘶哑地叫个不停。

我小心翼翼地加快脚步。草地上随处可见栲树、青冈栎和樟树，有时看起来很像人，每当这时，我就慌忙驻足。追过来的乌鸦叫声让我生出不祥的预感，为了排忧解闷，我一边走一边观察眼前的树木种类。我自幼爱好植物学，来到日本后，只要是我知道的树木，一眼就可以认出。朴树、糙叶树、红盖鳞毛蕨等是神赐给每一个国家的树木，还有一些灌木我以前从未见过。

午后，天空稍微放晴。地面残留的水洼映出蓝天和小小的白云。我蹲下身，伸手搅动那白云，想沾点水擦擦汗湿的脖颈。白云消失了，接着，一个男人的脸浮现出来———一张疲倦不堪、眼窝深陷的脸孔。为什么这一刻，我会想起另一个男人的脸呢？几个世纪以来，众多画家不断描绘被钉在十字架上的那个人的面容。事实上，谁也不曾见过他，但画家们怀着人类所有的祈祷与梦想，将那张脸描绘得无比美丽、圣洁。而他真正的面孔，无疑比他们想象的还要高贵。但现在倒映在雨水中的，却是因为污泥和胡须而有些脏污，又因为不安和疲劳而完全变形的，一个走投无路的男人的脸。您知道吗？人在这种时候，会突然有想笑的冲动。我把脸凑近水洼，像疯子似的撇嘴、瞪眼，做出种种滑稽的表情。

（为什么要做这种蠢事？为什么这么蠢！）

树林那边，蝉在嘶哑地鸣叫。周遭一片静寂。

阳光渐弱，天色转阴，草地开始暗下来。我放弃了追刚才那个烧篝火的人。

"我们贪图灭亡与罪恶，走在没有路的荒地上。"我拖着脚步，吟诵着心头浮现的诗句。"日头出来，日头落下，急归所出之地。风往南刮，又向北转，不住地旋转，而且返回转行原道。江河都往海里流，海却不满。万事令人厌烦。已有的事，后必再有。已行的事，后必再行。"

这时，我忽然想起和加尔佩躲在山里时，夜里有时听到的海的轰鸣。黑暗中的海浪声宛如低沉的鼓声，一整晚毫无意义地冲击又退去，退去又冲击。那片海的波浪漠然地冲刷、吞没茂吉和一藏的尸体，在他们死后也面不改色地延伸向前。而神和那片海同样沉默不语，久久地沉默着。

没有这回事，我摇了摇头。如果没有神，人就无法忍受这片海的单调和令人悚然的无动于衷。

（可是，万一……当然，只是万一。）内心深处，另一个声音在低语。（万一没有神……）

这是种可怕的念头。如果他不存在，整件事将变得何其荒谬。倘若真是这样，那被绑在木桩上、受海浪冲刷的茂吉和一藏的人生，该是出多么可笑的闹剧啊！那些漂洋过海、历时三年才到达这个国家的传教士们，追寻的是怎样滑稽的幻影呢？而自己如今在这杳无人迹的山中流浪，又是多么滑稽的行为啊！

我拔了根草，放到嘴里拼命咀嚼着，压抑住这个像想吐般冒上来的念头。我当然知道，最大的罪过是对神绝望，但我不明白，神为何要沉默。"主从五个火灾的城里救出义人"，可是现在，当不毛之地已经在冒烟，而树上的果实还没有成熟的时候，他哪怕为信徒们说一句话也好。

我滑一般地跑下斜坡。如果慢慢走的话，这种不愉快的想法就会像水泡一样浮到意识表面，太可怕了。若是肯定了它，我至今为止的一切都将被抹杀。

我感到有小小的雨滴落在脸上，抬头一看，一直阴沉沉的天空中，乌云就像伸开的巨大手掌，缓缓飘了过来。雨滴越落越多，很快，整个草地就张开了竖琴弦般的雨幕。我看到附近有黢黑茂密的杂树林，便躲了进去。成群的小鸟如射出的箭，也为了寻藏身之处飞走了。雨打在栲树叶上，像小石子洒落在屋顶，声音此起彼伏。雨把我可怜的田间劳作服淋得透湿，银色的雨滴中，树梢如海藻般摇曳。就在这时，在摇曳的树枝前方远处的斜坡上，我发现了一间小屋，应该是村里的人为了来这里砍树而搭建的。

　　骤雨来得急，去得也快。草地再次变白，小鸟们宛如从梦中醒来，又开始喧闹。大颗的水滴从山毛榉、红楠的叶子上滴落，发出声响。我伸手将从额头流到眼睛的雨滴抹掉，向小屋走去。刚踏进小屋，一股难闻的臭气就扑鼻而来。苍蝇在门口飞来飞去，从还很新鲜的人粪处逃走了。

　　根据这排泄物可以推断，之前的人刚在这里休息，才离开没多久。难得有个歇脚之处，这人却做出如此不文明的举动，老实说很让我生气。但另一方面，我也觉得好笑，忍不住笑了出来。至少因为这滑稽的东西，我对他隐隐怀着的警戒心减轻了许多。而且排泄物是成形的，说明他不是老人，是个身体健康的人。

　　踏进小屋后，发现篝火还在冒烟。值得庆幸的是，还有微弱的火种没熄灭，我慢慢烘干了湿透的田间劳作服。虽然花了很长时间，但以之前的速度来看，要追上他并不困难。

软弱的人，跟这种秧苗是一样的呀。"

他似乎觉得遭到我严厉的指责，露出像挨了打的狗似的眼神，向后退缩。但我刚才的话并没有责怪的意思，反而怀着悲伤的心情。吉次郎说得没错，不是所有人都是圣人或英雄。若非生逢这遭受迫害的时代，不知有多少信徒不必弃教，不必付出生命，可以一直坚守着信仰。他们只是平凡的信徒，所以输给了肉体上的恐惧。

"所以，我啊……哪里都去不了，就这样在山里打转，神父。"

我心头涌起怜悯之情，让吉次郎跪下。他诚惶诚恐地像驴子一样跪到地上。

"你不想为茂吉和一藏忏悔吗？"

人天生有两种：强者和弱者，圣人和凡人，英雄和敬畏英雄的人。强者即使在遭受迫害的时代，也会为了信仰忍受被火焚烧、沉入海中，但弱者就像吉次郎这般在山里流浪。你是哪种人？如果没有身为司祭的自豪感和义务观念，或许我也会跟吉次郎一样践踏圣像。

"主，被钉在十字架上。"

"主，被钉在十字架上。"

"主，戴上荆棘的冠冕。"

"主，戴上荆棘的冠冕。"

吉次郎逐一重复我的轻声细语，就像孩子在模仿母亲说话。蜥蜴又在白色的石头上爬行，林中传来喘息般的今年第一次蝉鸣，青草散发的热气从白石上飘来。我听到我们刚才走过的方向传来走出小屋，草地和刚才藏身的树林都闪着金光，树叶沙沙作响。我拾起一根枯枝，权当拐杖向前走，不久再次来到可以清楚俯瞰海岸线的斜坡。

沉郁的海依旧像针一样闪着光，冲刷着弯曲如弓的海岸。海岸的一部分是乳白色的沙滩，其余部分是黑色石块堆积而成的海湾。海湾有个小小的码头，沙滩上停靠着三四艘渔船。在西边可以清楚地看到被树林环绕的渔村。这是今天早上以来我第一次看到村庄。

我坐在斜坡上，抱着膝，用野狗般可怜的眼神目不转睛地望着村庄。在小屋留下篝火的人或许已下到那村庄去了，我从这里过去也可以抵达那里。但我在寻找十字架或教堂，以便确认那里会不会有信徒。

范礼安神父和澳门的其他神父常说，不要把那个国家的教堂想象成跟我们国家的一样。在那个国家，领主们命令传教士把以前使用过的住宅和寺庙直接用作教堂，因此很多百姓将我们的宗教和佛教混为一谈。就连圣方济各，也因为翻译的差错，一开始遭到同样的失败。听了他的话的日本人把我们的主视为日本国民长期以来信仰的太阳。

所以，没看到有尖塔的建筑，并不意味着这里没有教堂。教堂或许就在泥土和木块搭成的简陋小屋里，贫穷的信徒们或许正盼望着司祭来给自己圣体、听自己告解、为孩子们施洗。在传教士和司祭遭受驱逐的这片旷野中，在这黄昏的岛上，现在只有我一个人能带来生命之水。只有穿着满是泥巴的田间劳作服、抱着膝的我。主啊，凡你所造的都是好的，你的居所何其美丽。

激烈的感情涌上心头，我用拐杖支撑着身体，在积着雨水的斜坡上几次打滑，向我的教区跑去——是的，那是主托付给我的教区。这时，松树环绕的村庄边缘突然传出像地震的响声，以及分不清是尖叫还是哭号的声音。拄着拐杖的我停下脚步，清楚地看到燃起的黑红色火焰和烟雾。

我本能地意识到发生了什么，转身跑上刚才滑下来的斜坡。正跑着，我看到对面一个穿灰色劳作服的男人也在逃。他看到我，吃惊地停住脚步，那张因错愕和恐惧而扭曲的脸孔鲜明地映入我的眼帘。

"神父！"

男人挥挥手呼喊道。他一边叫嚷着什么，一边指着正熊熊燃烧的村庄，打手势让我躲起来。我一口气奔上草地，像野兽般蹲伏在岩石后面，喘着粗气，努力调匀呼吸。只听脚步声传来，男人那脏兮兮、老鼠似的小眼睛从对面岩石的缝隙间窥视着我。

我感到掌心在流汗，一看，是血。一定是飞奔到这里的过程中撞到什么地方了。

"神父，"岩石后面的那双小眼睛定定地看着我，"好久不见了。"

他留着胡子的脸上，露出讨好我的卑微笑容。

"这里很危险，不过我会警戒的。"

我沉默地盯着他，吉次郎就像挨了主人骂的狗，别开眼光，拔起旁边的草送进嘴里，用发黄的牙齿嚼了起来。

　　"烧成这样子，太可怕了。"

　　他俯视着村庄，自言自语道，似乎在刻意说给我听。望着他的身影，我终于反应过来，在小屋里留下排泄物的男人就是他。但他为什么同我一样在山中游荡呢？他已经践踏过圣像，照理不会再被官差们追捕了。

　　"神父，您为什么要来这儿？这个岛也已经很危险了。不过，我知道某个村庄里还有隐藏的信徒。"

　　我依旧保持沉默。凡是这个男人去过的村落，无不遭到官差的袭击，我从刚才就起了疑心，说不定是他给官差带的路。我以前听说过，弃教的人会被官府用作爪牙，他们为了将自己的悲惨和伤痛正当化，会试图将过去的同伴拖下水，哪怕只多一个人也好。那种心理，与被放逐的天使想引诱神的信徒犯罪十分相似。

　　周遭已逐渐笼罩在暮霭中，村里不止一个地方在燃烧，火势已蔓延到周围的稻草屋顶，黑红色的火焰在暮霭中宛如活物般游走。尽管如此，一切却是出奇地安静，仿佛村庄和村民们都在默默地承受痛苦。或许在漫长的时间里，他们已习惯这种痛苦，甚至不再哭泣呼号。

　　抛下村庄带给我的痛苦，不啻撕开刚开始愈合的伤口上的疮痂。我听到内心深处一个声音在说，你卑怯，你懦弱；但另一个声音又在告诉我，不要被一时的激动和感伤冲昏头脑，你和加尔佩现在是这个国家仅有的两名司祭，如果你消失了，教会也将从日本消失。无论忍受怎样的屈辱和痛苦，你和加尔佩都必须活下去。

我也在想，后者是不是一种辩解，只为了让自己的软弱显得有意义。然而，在澳门听到的一件事突然浮上心头。那是一位方济各会神父的故事。这位神父原本一直潜伏避免殉教，有天突然出现在大村领主的城中，还特地宣称自己是司祭。由于此人一时的冲动，之后其他司祭的潜伏愈加艰难，信徒们也受到连累，这是众所周知的事。司祭不是为了殉教而存在，在这遭受迫害的时期，必须为了延续教会的火种活下去。

吉次郎像条野狗似的保持一定距离跟着我。我停下脚步，他也停下脚步。

"您别走这么快，我身体不好！"

他在后面拖着无力的步伐喊道，"您要去哪里？您可得知道，奉行所对神父悬赏三百枚银币……"

"我的身价是三百枚银币啊。"

这是我对吉次郎说的第一句话。当时我的嘴角掠过一丝苦笑。犹大出卖主的价码是三十枚银钱，而我的身价是他的十倍。

"您一个人去太危险了。"

他好像松了口气，和我并肩而行，用树枝敲打着身边的草丛。暮色中传来鸟儿的鸣啭。

"神父，我知道信徒住的地方，那里很安全。今天我们先睡在这里，明天天亮就出发。"

不等我回答，他就蹲了下来，灵巧地收集起没被黄昏的露水打湿的枯枝，从袋子里掏出打火石生火。

　　"您饿了吧？"

　　他又从袋子里拿出几块鱼干。我用饥渴的目光望着鱼干，不由得咽了口唾沫。对一天只嚼了点米和黄瓜的我来说，吉次郎取出的食物是无法抗拒的诱惑。他将咸鱼在刚燃起的火上一烤，顿时飘出美妙得难以形容的香味。

　　"吃吧！"

　　我张开嘴，贪婪地咬住鱼干。仅仅一块鱼干，就让我的心向吉次郎妥协了。在我狼吞虎咽的时候，他用半是满足半是轻蔑的表情看着我，嘴里依然嚼着草，仿佛那是口嚼烟。

　　四周沉入黑暗之中。山上冷飕飕的，露水开始滴落到身上。我躺在火堆旁装睡。我不能睡着，吉次郎想必是打算等我入睡后偷偷溜走。也许就在今晚，这男人就会像出卖同伴那样出卖我。对这个形同乞丐的男人来说，三百枚银币是多么耀眼的诱惑啊！我疲倦地闭上眼，今天早晨在山丘和草地上俯瞰的大海和岛屿的风景，鲜明地浮现在眼前。针一般闪着光的海。海上散布的小岛。范礼安神父说，传教士们曾经在祝福声中乘小船渡过这片美丽的海，教堂也曾用鲜花点缀，信徒们带着米和鱼来到教堂。在日本也曾建立过神学院，学生们和我们一样用拉丁语唱歌，演奏竖琴、风琴之类的乐器，令领主颇受感动。

　　"神父，您睡着了吗？"

我没答话，眯着眼窥伺吉次郎的动静。倘若他偷偷溜走，定是去带官差过来抓人。

吉次郎留意着我的鼻息，慢慢挪动身体。我一直注视着他，看到他像野兽般蹑手蹑脚地走开，随后听到他在树木和草丛中小便的声音。我以为他会就此离去，没想到他叹着气回到了火堆旁。他往已烧成灰的枯树枝里添上新枝，双手烤着火，不住唉声叹气。黑红色的火焰映出他瘦削的侧脸。之后因为一天的劳累，我睡着了。偶尔睁开眼，总能看到吉次郎坐在火堆旁。

翌日，我们继续在烈日下前行。昨天下雨后依旧湿漉漉的地面上升腾起白色水蒸气，山丘对面的云朵闪着耀眼的光。我从刚才就感到头痛口渴，十分难受。吉次郎没注意到我痛苦的表情，不时用拐杖按住缓慢从路上游过、要躲到草丛里的蛇，装到脏污的袋子里。

"我们老百姓啊，拿这长虫当药吃。"

他露出黄牙，微微一笑。为什么你昨晚不为了三百枚银币去告发我呢？我在心里这样问着，不由得想起圣经中最具戏剧性的一幕——基督在餐桌上对犹大说："去吧，你所作的快作吧！"

我在成为司祭后，依然不太理解这句话的真正含义。和吉次郎拖着脚步走在升腾的水蒸气中，我翻来覆去地思考着这句重要的经文。基督是怀着怎样的感情，对着为了三十枚银钱出卖自己的男人说出"去吧"这句话呢？是因为愤怒和憎恨吗？还是出于爱？如果是愤怒，就意味着基督当时将这个人从世人中排除出去，不在救赎之列。把基督的气话当真的犹大，便永远得不到救赎了吧？而主就任由一个人永远堕入罪恶之中。

但这是不可能的。基督连犹大也想拯救，否则不会将他列为门徒。然而基督那时为何不制止已误入歧途的他呢？这一点我从神学生时代就无法理解。

我就此事问过许多神父，应该也向费雷拉神父请教过。当时费雷拉神父是怎么回答的，我已经想不起来了。既然如此，说明他的解答并没有令我的疑问涣然冰释。

"那既不是愤怒，也不是憎恨，是出于厌恶说的话。"

"老师，是怎样的厌恶呢？厌恶犹大的一切吗？基督那时已不再爱犹大了吗？"

"不是的。不妨想象成被妻子背叛的丈夫，他仍然爱着妻子，但无法原谅妻子对自己的背叛。一个还爱着妻子，又对她的行为感到厌恶的丈夫的心情……或许那就是基督对犹大的心态吧。"

当时还很年轻的我，无论如何也无法理解这种常规的解释。不，我到现在也不明白。在我眼里，如果容许我有冒渎的揣测，我觉得犹大简直就像个可怜的傀儡，所作所为都是为了成就基督戏剧性的人生和死在十字架上的荣光。

"去吧，你所作的快作吧！"我现在不能对吉次郎说这句话，这当然是为了保护自己，但作为司祭，我也心存希望和期待，不愿看到他一再背叛。

"这条路很窄，不好走吧？"

"没有河吗？"

我的喉咙已经干渴难耐。

吉次郎露出浅笑，盯着我细细打量。

"您想喝水吗？应该是鱼干吃太多了。"

乌鸦一如昨日，在空中盘旋飞舞。抬头仰望天空，一道令人目眩的白光射进眼睛。我舔了舔嘴唇，后悔自己的大意。为了一块鱼干，我犯下了无可挽回的错误。

我寻找着池沼，但徒劳无功。草地上处处是热得难受的虫儿在鸣叫，温热的风带着潮湿泥土的气息从海的方向吹来。

"没有河吗？河？"

"连小溪也没有。您等一下。"

不等我回答，吉次郎就下了斜坡。

他的身影从岩石后方消失，四周陡然寂静下来。草丛中，虫儿摩擦着翅膀，发出干涩的声音。一只蜥蜴不安地爬上石头，飞快地逃走了。阳光下蜥蜴偷瞄我的胆怯脸孔，和刚才消失的吉次郎的脸孔一模一样。

那男人当真是去替我找水吗？还是去向谁告密，说我就在这里？

我拄着拐杖往前走，只觉喉咙更加干渴难耐。我现在心里雪亮，那男人是故意拿鱼干给我吃。"十字架上的基督就说，我渴了。有一个器皿盛满了醋，放在那里。"我想起圣经里的这一幕。"士兵们就拿海绵蘸满了醋，绑在牛膝草上，送到他口。"于是幻想中嘴里漫上了醋的味道，让我有点想吐，我闭上了眼。

远处传来寻找我的嘶哑声音。

"神父！神父！"

吉次郎提着竹筒，拖着疲惫的脚步走过来。

"您为什么要逃走呢？"

这男人的眼睛像动物似的堆着眼屎，悲伤地低头看着我。我抢过他递上的竹筒凑到嘴边，不顾形象地咕咚猛灌起来，水从双手间淌下来，打湿了膝盖。

"为什么要逃走呢？神父也不相信我吗？"

"你不要生气。我累了，让我一个人走吧。"

"一个人？您要去哪里？太危险了。我知道天主教徒藏身的村庄，那里有教堂，还有神父。"

"有神父？"

我不由得叫了起来。没想到这岛上除我之外，还有别的司祭。我抬头狐疑地看着吉次郎。

"是的，神父。我听说不是日本人。"

"不可能。"

"神父，您不相信我。"他站在那里拔着草，以微弱的声音喃喃着，"已经没有人相信我了。"

"但你因此保住了性命，茂吉和一藏都像石头一样沉到了海底。"

"茂吉很坚强，就像我们种的强壮的秧苗。可是脆弱的秧苗再怎样施肥都长不好，结不出哪怕干瘪的果实。神父，我天生是个

几个人的脚步声，他们正从草丛中朝这边快步走来。

"神父！请原谅我。"吉次郎跪在地上哭喊道，"我很软弱，成不了茂吉和一藏那样的强者。"

那些人伸手抓住我，把我拖起来。其中一个人轻蔑地把几枚小银币丢到还跪着的吉次郎眼前。

他们一言不发地把我推到前面。走在干燥的路上，我不时踉踉跄跄。有一次回头看时，远远看到了背叛我的吉次郎的小脸，那张眼神如蜥蜴般胆怯的脸……

V

　　外面的阳光很明亮，村里却分外昏暗。他被带进村子的时候，茅草屋顶上压着石子的简陋小屋之间，衣衫褴褛的大人和小孩都用牲口般闪闪发亮的眼睛盯着这边看。

　　他误以为他们是信徒，脸上勉力挤出微笑，但没有人回应。一个光溜溜的小孩摇摇晃晃地走到一行人面前，头发蓬乱的母亲从后面连滚带爬冲出来，抱起小孩像狗似的逃走了。为了让颤抖的身体平静下来，司祭拼命回想着那一夜，那个人从橄榄林被押解去该亚法官邸的事。

　　一走出村庄，耀眼的阳光突然照到额头上，他感到头晕目眩，停下了脚步。后面的男人嘟囔着什么，推他往前走。他勉强堆出笑脸，问能否稍事休息，但男人绷着脸摇了摇头。阳光灿烂的田里弥漫着粪肥的臭味，云雀在欢快地歌唱。不知名的大树在路上投下怡人的阴影，树叶发出清爽的声响。穿过田野的路逐渐变窄，一行人来到后山，就看到进山一侧的小洼地上有用小树枝搭成的小屋。小屋的黑色影子鲜明地投在黏土色的地面上。四五个穿着田间劳作服的男女双手被绑，一起坐在地上。他们正在聊着什么，看到一行人中的司祭时，惊讶得张大了嘴。

警吏们把司祭带到这些人旁边，似乎工作就此完成，开始笑着闲聊起来，也没有防备他们逃亡的意思。司祭在地上坐下后，周围的四五个男女恭敬地向他低头致意。

他沉默了好一会儿。一只苍蝇不停地在他脸旁飞来飞去，似乎想舔他额头流下来的汗水。听着沉闷的嗡嗡声，温暖的阳光照在背上，他渐渐生出一种快感。虽然明白自己终于被捕是无可动摇的事实，但周遭是如此安闲，又让他怀疑这莫不是错觉。不知为何，他现在甚至想起了"安息日"这个词。警吏们兀自有说有笑，仿佛什么事都没发生。阳光很明亮，照在洼地的草丛和用小树枝搭成的小屋上。没想到长久以来在胆怯和不安相互交织的幻想中描绘的被捕之日，竟是这般宁谧，他心中产生了难以言喻的不满，乃至感到幻灭——自己未能像诸多殉教者或基督那样，成为具有悲剧色彩的英雄。

"神父，"旁边瞎了一只眼的男人活动着被绑的手说，"这是怎么回事？"

其他男女也一齐抬起头，流露出强烈的好奇心，等待着司祭的回答。这些人就像无知的动物，完全不知道自己面临的命运。

司祭回答说他是在山里被抓的，男人似乎没听懂，手放在耳朵上又问了一次，终于听明白了。

"噢……"

他们异口同声地发出不知是理解还是感动的叹息。

"他说得这么好！"一个女人很佩服司祭的日语水平，孩子气地说道，"多流利啊！"

警吏们也只是笑，并没有训斥或制止。不仅如此，独眼男人还很熟络地和一名警吏打招呼，对方也带着笑容回应。

"那些人，"司祭小声问女人，"现在在干什么？"

女人说，警吏也是这里的村民，在等官差到来。

"我们是天主教徒，但他们不是天主教徒，是异教徒。"

听女人回答的口气，似乎不觉得这种差别有多重要。

"吃吧。"

她挪动被绑的手，从敞开的胸口里掏出两个小菜瓜，自己啃一个，另一个递给司祭。司祭咬了一口，嘴里满是青涩的味道。他一边像老鼠似的用门牙啃着，一边想，来到这个国家之后，自己一直在给贫穷的信徒们添麻烦。他们给了他小屋，给了他这件田间劳作服，给了他食物。现在，该轮到他给他们些什么了。但除了自己的行为和死亡之外，他已别无可奉献之物。

"你叫什么名字？"

"莫妮卡。"

女人有些害羞地说出教名，像在展示她拥有的唯一一件装饰品。什么样的传教士会把著名的圣奥古斯丁的母亲的名字给了这个满身鱼腥味的女人呢？

"他呢？"

司祭指了指还在跟警吏闲聊的独眼男人。

"您是说长吉吗？他叫胡安。"

"给你们施洗的神父叫什么名字？"

"他不是神父，是修道士石田先生。神父您也认识吧？"

司祭摇了摇头。在这个国家，除了加尔佩，他没有别的同事。

"您不认识？"女人惊异地盯着他的脸，"就是在云仙山上被杀的那位呀！"

"大家都不在乎吗？"司祭终于说出刚才就萦绕心头的疑问，"说不定很快我们也会死。"

女人垂下眼，凝视着脚边的草丛。苍蝇又闻着他和女人的汗味来了，在他俩颈边飞个不停。

"我不晓得。石田先生常说，到了天国就能享受永恒的安乐。那里不必缴纳苛刻的年贡，不用担心饥饿和疾病，更没有苦役。我们已经过够了做牛做马的日子。"她叹了口气，"这世上真的只有苦难。神父，天国没有这些烦恼吧？"

神父想说，天国不是你们想象的那样，但还是闭上了嘴。这些村民就像刚学习教义的孩子，梦想着天国是没有苛税和苦役的另一个世界。谁也无权残酷地摧毁这个梦想。

"是的。"他眨着眼，在心里低语，"在那里，我们不会被剥夺任何东西。"

接着,他又问了一个问题。

"你认识叫费雷拉的神父吗?"

女人摇摇头。和友义村一样,费雷拉神父也没来到这里吗?他甚至怀疑,莫非费雷拉这个名字在日本信徒当中已成了不能提及的禁忌?

洼地上方传来响亮的声音。司祭抬头一看,崖上有位矮胖的年老武士带着两名村民,正微笑着俯视这边。看到年老武士的微笑,不知为何,司祭一眼认出这老人就是调查友义村的人。

"好热啊。"武士摇着扇子,慢慢从崖上下来,"现在就这么热了,做农活会很辛苦吧。"

莫妮卡、胡安和其他男女都将被缚的手腕放在膝上,恭敬地行礼。老人从眼角瞥见司祭和大家一起低头致意,但没有理会,径直向前走。当他走过司祭时,短外褂窸窣作响,衣服上熏香的味道飘散出来。

"最近没下过骤雨,路上全是灰。我这样的老人家,来这里一趟也是挺费劲的。"

他蹲在囚犯们中间,用白色扇子不住地扇着脖颈。

"喂,不要给我这老人添麻烦啊!"

阳光把他堆着微笑的脸照得很扁平,司祭想起了在澳门看到的佛像。那尊佛像脸上毫无表情,和他看惯的基督完全不同。只有苍蝇在嗡嗡地飞舞,掠过信徒们的脖子,飞向老人的方向,又飞回来。

"逮捕你们并不是出于憎恨，你们一定要明白这个道理。你们没有拖欠年贡，也勤恳服劳役，为什么要憎恨你们，把你们绑起来呢？我很清楚百姓是国家的根本。"

苍蝇的嗡嗡声中夹杂着老人扇扇子的声音，远处的鸡叫声随着温暖的风飘来。司祭同大家一样低着头，心想，这是在审问吗？那么多信徒、传教士在遭受拷问、处刑前，也都听到过这般故作温柔的声音吗？在令人昏昏欲睡的寂静中，也听到过苍蝇的嗡嗡声吗？他等待着恐惧突然袭来，但说来奇怪，恐惧并未在心中涌现，拷问和死亡也毫无真实感。他想着今后的事，就像在下雨天想象着远方有阳光照耀的山丘。

"我会给你们一点时间考虑，你们的回答要明事理。"

说完，老人那勉强挤出的笑容就消失了，脸上现出跟澳门的那些中国商人一样贪婪而傲慢的神色。

"过来吧！"

警吏从草丛里站起来，催促他们。老人像猴子似的蹙眉看着同样要站起身的司祭，眼里第一次流露出憎恶的光芒。

"你，"老人极力挺直瘦小的身躯，单手按着刀柄说，"留下！"

司祭淡淡一笑，坐回草丛。瘦小的老人如公鸡般昂首挺胸，可以明显看出他是铆足了劲，不想在囚犯们面前输给自己这个外国人。（一只猴子。）司祭在心里嘀咕。（猴子似的男人，你无须将手按在刀上戒备，我不会逃走的。）

他目送着其他人被绑着手走上山崖,消失在前方高地上。"Hoc Passionis tempore, Piis adauge gratiam. (在这受难时刻,请赐予更多恩宠。)"干燥的嘴唇说出的祷告词,带着苦涩的味道。主啊,不要再考验他们了,他在心中喃喃着。对他们来说,这已经太过沉重了。他们一直忍耐到今天,忍耐着年贡、苦役和悲惨的生活。还要再给他们考验吗?老人把竹筒送到嘴边,像鸡喝水似的咕咚咕咚灌了几口。

"我见过好几位神父,也审问过。"老人濡湿了嘴唇,换了和刚才截然不同的态度,低声下气地问司祭,"我的话你听得懂吗?"

一小块云朵遮住了太阳,洼地暗了下来,之前没发声的小虫难耐闷热,开始在草丛中此起彼伏地鸣叫。

"那些百姓都是蠢货。不过,他们能否得救,就全看你的想法了,神父……"

神父不明白这句话的意思,但从对方的表情可以感觉到,这个狡猾的老人正在设陷阱。

"百姓没有独立思考的能力,再怎么跟他们谈,到最后还是意见不一。那个时候,就要你说句话了。"

"说什么?"

"弃教,"老人摇着扇子笑了,"弃教。"

"如果我拒绝,"司祭微笑着平静答道,"你就会杀了我吧?"

"不不,"老人悲哀地说,"我们不做那种事。如果那样做了,百姓只会更加冥顽不灵。大村如此,长崎也一样。天主教徒实在

89

很麻烦。"

老人深深叹了口气，但司祭一看就知道他是在演戏。戏弄这瘦小如猴的老人，甚至让他产生了快感。

"如果你是真正的司祭……对百姓也会有慈悲之心吧。"

司祭的嘴角不由得露出笑意。多么天真的老人啊！以为用小孩似的幼稚逻辑就能说服自己。但他忘记了，像小孩一样单纯的官差，在说不过时也会单纯地大发雷霆。

"怎么样？"

"请只处罚我一个人。"司祭嘲弄地耸了耸肩。

老人额头上开始浮现焦躁的怒色，远方阴沉沉的天空隐约传来沉闷的雷声。

"因为你，那些人要受多少苦哇！"

司祭被关进洼地的小屋里。透过用小树枝搭成的墙壁的缝隙，白色的阳光如缕缕丝线般流泻进来，照在裸露的地面上。墙外，警吏们的说话声依稀可闻。那些百姓被带去哪里了呢？从那以后，他就没再见到他们。司祭坐在地上，双手环膝，想着叫莫妮卡的女人和独眼男人，然后想起友义村的阿松、一藏、茂吉他们。如果他的心情再从容些，至少应该为那些信徒做简短的祝福，但他却没有想起来，证明内心还是很紧张。他也忘了问今天是几月几日，为此颇感遗憾。他的时间观念逐渐消失，算不出复活节后过了多少时日，今天又是哪位圣徒的纪念日。

因为没有念珠，司祭就扳着五根手指，开始用拉丁语念诵圣母经和主祷文。然而就像喂进去的水从牙关紧闭的病人口中流出，祷词也只是空洞地掠过嘴唇。反倒是小屋外看守们的谈话声吸引了他的注意力。不知有什么好笑的事，他们不时发出笑声。司祭莫名地想起了在院子里烤火的那些仆人。耶路撒冷的夜晚，几个人对那个男人的命运毫不关心，自顾将手伸到暗淡的火焰上取暖。看守们谈笑的声音同样让他感到，人这种生物，竟可以对他人如此漠然。罪不是一般认为的偷窃或说谎，所谓罪，是一个人从另一个人的人生经过，却忘了自己在那里留下的痕迹。他扳着手指喃喃念着"Nakis"，从这时起祷告才沁入心中。

突然，一道白光照在司祭紧闭的双眼上。一个男人无声地打开小屋的门，阴险的小眼睛盯着里面瞧。司祭抬起头，对方迅速藏了起来。

"他很老实，对吧？"

另一个男人对刚才往里面窥视的看守说，打开了门。阳光如热水般泻入，光线中现出一个日本人的身影，他和之前那位年老武士不同，没有佩刀。

"Senõr, Gracia.（感谢主。）"

男人用葡萄牙语向他搭话。虽然发音古怪，磕磕绊绊，但的确是葡萄牙语没错。

"Senõr.（主。）"

"Palazera à Dios nuestro Senõr.（愿荣耀归于我们的主。）"

从门口射来的刺眼光线让司祭微感晕眩，他听着这些话，虽然不乏错误之处，但意思是清楚无疑的。

　　"你很吃惊吧？不过，长崎和平户还有好几个跟我一样负责通译的人。神父的日语似乎相当不错，你知道我是在哪儿学的葡萄牙语吗？"

　　没人问，男人就自顾自地说了下去。说话的时候，他和刚才那名武士一样，频频挥动手中的扇子。

　　"托贵国神父的福，有马、天草、大村都建立了神学院。不过我并不是弃教者。虽然接受过洗礼，但我从来就无意成为修道士或天主教徒。我是地方武士的儿子，在这种时代，要想出人头地，只有靠学问。"

　　男人拼命强调自己不是天主教徒。司祭面无表情，在黑暗中听着他喋喋不休。

　　"你为什么不说话？"男人生气地说，"神父们总是瞧不起我们日本人。我认识一个叫卡布拉尔的神父，他尤其轻视我们。尽管人来到了日本，却嘲笑我们的房屋、我们的语言、我们的饮食和礼仪。而且即使我们从神学院毕业，也坚决不允许我们当司祭。"

　　说着说着，男人似乎想起了往事，情绪越来越激动。司祭依旧双手抱膝，觉得男人的愤怒并不像装出来的。司祭记得从澳门的范礼安神父那里听说过卡布拉尔神父的事，范礼安神父慨叹，因为他对日本人的成见，不知多少信徒离传教士和教会而去。

　　"我和卡布拉尔不一样。"

"真的吗？"男人低声笑了，"我不这么认为。"

"为什么？"

黑暗中看不清这名通译的表情，但司祭试图通过对方的低笑声推测其憎恨和愤怒背后的真实心理。因为他的工作就是在教堂的告解室里闭着眼睛听信徒的坦白。他注视着对方，隐隐觉得这个男人想要否定的不是卡布拉尔神父，而是曾经接受洗礼的自己的过去。

"你不想出来吗？事到如今，神父不会逃跑了吧。"

"谁知道呢。"司祭微笑，"我不是圣人，我怕死。"

日本人也笑出声来。

"不不，既然你知道这样的道理，希望能认真听听我的意见。有时勇气只会给他人带来麻烦，我们称之为盲目的勇气。神父当中，有许多人痴迷这种盲目的勇气，忘了会给日本带来麻烦。"

"传教士们就只会带来麻烦吗？"

"把别人不想要的东西硬塞过去，这叫徒添困扰的好意。天主教就像这种强加于人、令人为难的东西。我们有我们的宗教，并不想接受外国的宗教。我也在神学院向神父们学习过教义，但我现在认为对我们毫无用处。"

"我们的想法不一样。"司祭放低声音，平静地说，"否则，我也不会远渡重洋来这个国家了。"

这是他第一次和日本人讨论。自圣方济各·沙勿略以来，是不是有很多神父像他这样，与日本佛教徒从语言交锋到展开讨论呢？范礼安神父曾说，日本人的头脑不可小觑，他们深谙辩论之道。

"既然如此，那就请教了。"通译将扇子打开又合上，咄咄逼人地说，"天主教徒说，上帝才是大慈大悲之源，是一切善良和美德的源泉，而神佛都是人，不具备这些品质。神父也持同样看法吗？"

"佛也和我们一样难逃一死，这与造物主是不同的。"

"不了解佛教教义的神父才会如是想，但诸佛未必都是人。诸佛有法身、报身、应化身三身，所谓应化如来，是为了救度众生、惠泽世人而示现八相，法身如来则是无始无终、永久不变之佛，因此佛经也说'如来常住，无有变易'。认为诸佛都是人的只有神父和天主教徒，我们并不这么认为。"

日本人一口气说完，仿佛早已将这答案熟记于心。想必在以往讯问形形色色传教士的过程中，他一直在思考如何使对方屈服，所以才选择了他自己都几乎无法理解的艰深词汇，司祭想。

"但你们认为，万物是自然存在，世界无始无终。"司祭抓住对方的弱点还击，"你是这么想的吧？"

"没错。"

"可是没有生命的事物，若无他物推动，是无法自行移动的。那么，诸佛是如何诞生的呢？还有，我知道诸佛有慈悲心，但在此之前，这个世界是如何被创造出来的呢？是我们的上帝创造了自己，创造了人类，赋予万物存在。"

"你是说，天主教的上帝也创造了恶人？那么，恶也是上帝所造的罪孽。"

通译仿佛获胜似的小声笑了。

"不不，不是这样。"司祭不禁摇头，"上帝是为了善而创造万物，也为了善而赐予人类智慧。但是，我们有时会做出与这种理性判断相反的事，那就是恶。"

通译轻蔑地啧了一声，司祭心里也有数，自己的解释并没有说服对方。这样的对话已经不是对话了，更像是抓住话柄强行将对方驳倒。

"不要诡辩了。糊弄农民、女人、孩子也就罢了，这种解释是糊弄不了我的。好吧，我再问一个问题：如果上帝当真有慈悲之心，为什么要在去往天国的路上，给予人们种种痛苦和困难呢？"

"种种痛苦？你似乎误会了。人只要忠实遵守上帝的诫命，就可以平安度日。我们想吃东西时，上帝绝不会命令我们饿死，只需向作为造物主的上帝祷告，做到这一点就可以了。我们无法放弃肉体的欲望时，上帝也没有强迫我们远离女人，他只是说，只娶一个妻子，并遵从上帝的旨意。"

说完后，司祭觉得这个回答很好。黑暗的小屋中，他明显地感觉到通译一时无话可说，陷入沉默。

"够了，这样永远争论不出结果。"对方用日语不高兴地说，"我来不是为了跟你说这些。"

远处鸡在啼鸣。从微开的门里泻进一道光，光中悬浮着无数微尘。司祭目不转睛地望着那道光。通译长叹了一口气。

"你如果不弃教，百姓就会被吊在洞穴里。"

司祭不太明白对方在说什么。

"百姓会被倒吊在很深的洞穴里好几天……"

"吊在洞穴里？"

"是啊，如果神父不弃教的话。"

司祭默然。他在黑暗中瞪大了眼睛，试图判断通译的话是威胁还是实情。

"井上大人，你听说过吧？就是奉行大人。这位大人日后也会亲自审问你的。"

"I-NO-U-E（井上）"——在通译所说的葡萄牙语中，只有这个单词仿佛会动的活物一般传入司祭耳中，他的身体瞬间颤抖了一下。

"到目前为止，在井上大人的审问下弃教的神父有，"通译模仿着奉行的声音说，"波罗神父、佩德罗神父、卡索拉神父、费雷拉神父。"

"费雷拉神父？"

"你认识他？"

"不，我不认识。"司祭猛烈地摇头，"我们所属的组织不同，我没听过这个名字，也没见过他。这位神父还活着吗？"

"还活着，改了日本名字，住在长崎的宅子里，还赏了女人给他，待遇着实不错呢！"

司祭眼前蓦地浮现出从未见过的长崎街区。不知为何，在他幻想的街区中，傍晚的阳光照在纵横交错的路上，照在那些小房子的小窗子上,而费雷拉神父穿着和通译一样的衣服走在街头。不,这不可能!这样的幻想太可笑了。

"我不相信!"

通译冷笑一声,走出小屋。门又被关上了,照进来的白光突然消失。跟刚才一样,隔墙传来看守们的谈话声。

"相当聪明,"通译向他们说明,"不过,最终还是会弃教的。"

司祭心想,"弃教"显然指的是自己。他双手抱膝,仔细回想着通译像在背诵一样报出的四个名字。他不认识波罗神父和佩德罗神父,但卡索拉神父他确实在澳门听说过。这位葡萄牙神父跟他不同,不是从澳门,而是从西班牙属地马尼拉潜入日本的。因为潜入日本后就音信杳然,耶稣会认为这位神父在登陆后不久就壮烈殉教了。他们三人的身后,是他来到日本后一直在寻访的费雷拉神父的面容。倘若通译的话不是威胁,那么费雷拉神父也真如传闻中所说,在井上奉行的手段下背叛了教会。

连费雷拉神父都弃教了,自己恐怕也忍受不了即将到来的考验——这种不安突然掠过心头。司祭用力摇头,想要强行压下如呕吐般涌上来的不快想象,然而越是想努力压下去,越是不受意志控制地浮上来。

全能的上帝,求您垂听我们祷告,祈求您派遣天使护持、钟爱、保护、探视并捍卫全部的居民……他一遍又一遍地祈祷,试图转移注意力,但祈祷并不能让心情平静下来。主啊,您为何沉默?您为何始终沉默呢?他喃喃着……

傍晚，门又开了。看守将盛了几块南瓜的木碗放到司祭面前，一言不发地出去了。他把碗拿到嘴边，一股类似汗臭的味道扑鼻而来，估计是两三天前煮的。但他饥饿难耐，狼吞虎咽，连皮都吃了。还没吃完，苍蝇已经在手边执拗地打转。司祭舔着手指想，自己跟狗有什么两样？过去，传教士们经常被邀请到这个国家的领主或武士家里吃饭，听范礼安神父说，当时在平户、横濑浦、福田港口，有葡萄牙的船满载着丰富的货物定期入港，所以传教士们的葡萄酒和面包从未短缺。他们应该是在洁净的餐桌前祈祷，然后细嚼慢咽地品尝美食。然而现在自己连祈祷都忘了，径直扑向这给狗吃的食物。祈祷时不是为了感谢神，而是为了祈求帮助，或是诉说不平和怨恨。这对司祭来说真是耻辱，耻辱！他当然深知，神是为了受赞颂而存在，不是为了怨恨而存在，但在这样充满考验的日子里，像约伯那样得了麻风病还赞美神是多么困难啊！

门再次嘎吱一声开了，刚才的看守出现了。

"神父，该走了。"

"去哪里？"

"去码头。"

司祭站了起来，因为饥饿而感到轻微的头晕。小屋外天色微暗，洼地上的树林像是被白天的溽热累坏了似的，没精打采地耷拉着。成群的蚊子掠过脸庞，蛙声自远处传来。

三个看守跟在他身边，但谁也没提防他逃跑。他们大声地说着什么，不时发出笑声。其中一人离开队伍，去草丛里小解。司祭心想，现在只要撞倒另外两人，就可以逃走了。正想着，走在前面的看守突然回过头。

"神父，待在那间小屋里很难受吧。"他露出和善的表情笑了，"真的很热啊。"

看到这个人善良的笑脸，司祭顿时泄了气。如果自己逃跑，这些村民必将受到处罚。他挤出一个无力的微笑，向看守点了点头。

他们走过今天早上来时的路。田里蛙声四起，司祭深陷的眼睛注视着田地中央耸立的大树，他记得自己见过这棵树。树上硕大的乌鸦扇动着翅膀，嘶哑地叫着，那声音和蛙声交织在一起，组成阴沉的合唱。

走进村庄，只见家家户户都飘出白烟，那是在驱赶蚊群。只系了条兜裆布的男人抱着小孩站在那里，他看到司祭，傻子似的咧嘴笑了。女人们悲哀地垂着眼，目送四人经过。

过了村庄，又是田地。路变成下坡，终于有咸咸的风吹过司祭清减的脸颊。正下方说是港口，却只有一个用黑色石子堆砌的码头，海边停放着两艘看起来很脆弱的小船。看守们将圆木排在船下方，司祭从沙子里捡起粉色的贝壳，放在手上把玩着。这是他今天一整天里第一次瞧见美丽的东西。将贝壳贴到耳边，可以听到里面依稀有声。突然，一股阴暗的冲动攫住了他，一声闷响，贝壳在掌中碎裂。

"上船吧。"

船底的积水被灰尘染得发白，他将肿胀的脚探进去，感到很冷。司祭脚浸在水中，双手抓着船舷，闭上眼，叹了口气。

船开始缓缓移动，他深陷的眼睛怔怔地望着到今天早晨为止自己流浪的山峦。暮霭中，山色青黑，形如女人隆起的胸脯，绵延向远方。他将视线移回沙滩，看见一个乞丐模样的人正跑过来，一边跑，一边叫，结果脚陷在沙子里，摔倒了。那正是出卖他的男人。

吉次郎倒下去又爬起来，大声叫喊着什么，听起来像是咒骂，又像是哭泣，司祭不知道他到底在说什么。奇怪的是，司祭并无怨恨之情，充盈在心头的是无可奈何的情绪：或迟或早，他终会被逮捕。吉次郎似乎终于意识到追不上了，像一根杆子似的站在岸边望着司祭，那身影在暮霭中逐渐变小。

夜晚，船进入某处海湾。已睡着的司祭微微睁开眼，看到刚才的看守在这里下船，换另外三个男人上船来。看守和男人们用颇多浊音的当地话交谈着，但司祭已经筋疲力尽，不想费心去听懂他们讲的日语了。不过从他们的对话当中，他听到了"长崎""大村"这样的字眼，于是模糊地想，自己或许会被带到长崎或大村。在小屋时，他还有力气为被捕的独眼男人、给他菜瓜的女人的命运祈祷，但现在别说为别人，连为自己祈祷的力气都没有了。他甚至觉得，无论被带去哪里，无论今后遭到怎样的处置，一切都没什么不同了。他闭上眼，再次沉入睡乡，有时睁开眼，只听到单调的桨声。一个男人划船，另外两个男人神色阴郁，沉默地蹲着。主啊，愿你的旨意成就。他宛如梦呓般喃喃祈祷着，然而现在他陷入的情绪，乍看之下与许多圣人谨遵神的安排、志愿将自己托付给神相似，本质上却是不同的。内心深处一个声音在问：你会因此变成怎样？你连信仰都一点点丧失了吧？但如今，连听到这声音都让他苦痛。

"这是哪里？"

不知是第几次醒来，他用沙哑的声音问三个新看守，但对方似乎很畏怯，僵着身子，没有回答。

"这是哪里？"

他再次大声问道。

"横濑浦。"

其中一人小声回答，听上去似乎很难为情。这个地名他听范礼安神父提过几次，那是弗洛伊斯神父和阿尔梅达神父在附近领主的许可下开辟的港口，从此，去平户的葡萄牙船只都停泊到横濑浦港。山丘上建立了耶稣会的教堂，神父们还在山丘上竖了一个巨大的十字架，大到传教士们历经多日的海上跋涉终于抵达日本时，从船上就能清楚地望见。据说在复活节那天，日本居民也会拿着蜡烛唱着歌，到山丘上来参拜。连领主也时常来访，不久就接受了洗礼。

司祭从船上寻找看似横濑浦的村庄或港口，然而海上、陆地都黑沉沉的，看不到一点灯火，不知道何处有村庄和房屋。这里或许跟友义、五岛这些村落一样，仍然有信徒偷偷躲藏着。信徒们可知道，此刻划过海上的这条小船里，一名司祭正像野狗般蹲着在发抖？司祭问看守横濑浦在哪里，迟疑片刻后，划桨的男人回答：

"什么都没有了。"

他说村子被烧毁了，以前住在那里的人也都被赶走了。除了海浪拍打小船的沉闷声响，海上和陆地都沉默如死。"你为什么对一切置之不理呢？"司祭用微弱的声音说。就连我们为你建造的村庄，你也任由它被烧毁吗？在人们被驱逐时也不赐予他们勇气，而是如同这黑暗般沉默吗？为什么？请至少告诉我理由。我们不像因你的考验染上麻风病的约伯那样坚强，约伯是圣人，而信徒们只是贫苦软弱的凡人，不是吗？忍耐也是有限度的，请不要再让我们遭受苦难了。司祭祈祷着，然而海依旧冰冷，黑暗也依旧固执地保持沉默。唯一听得到的，只有单调沉闷的桨声。

我是不是不行了？司祭颤抖着。他觉得除非主赐予自己勇气和力量，否则他再也忍耐不下去了。桨声戛然而止，一个男人朝着大海喊道：

"什么人？"

这边的桨声已停，但不知从何处传来同样的嘎吱声。

"是夜钓的人吧，别管他，别管他。"

一直默不作声的两个男人当中，年纪较大的低声说。

"哪里人啊？在干什么？"

夜钓的人停止了划桨，传来微弱的回答声。司祭感觉那声音很耳熟，却又想不起在哪里听到过。

清晨，他们抵达了大村。乳白色的晨雾逐渐被风吹散后，在陆地的一角，森林环绕的城堡的白墙映入司祭疲惫不堪的眼帘。城堡似乎还在建造，留有圆木搭成的脚手架。一群乌鸦从森林的上方飞过。城堡背后，茅草屋顶、稻草屋顶的房子密密麻麻地挨在一起，这是他第一次看到日本城镇的模样。

当周遭微微泛白时，他才发现同船的三名看守脚边都放着粗棍。显然他们已接到命令，如果司祭有逃跑的迹象，就毫不留情地把他扔到海里。

码头上已经挤满了身穿窄袖便服、佩带长刀的武士和看热闹的人。在武士的呵斥下，看热闹的人在海滨的山丘上或站或坐，耐心地等待船的到来。司祭一下船，他们便喧闹起来。当他在武士的押送下走过人群时，看到好几个男女用痛苦的眼神注视着自己。他沉默着，他们也沉默着。从他们面前经过时，司祭轻轻挥手表示祝福。有几个人顿时不安地低下头，也有人别开了视线。本来这时候他应该把象征圣体的小面包送到他们紧闭的嘴里，但此刻的他，没有举办弥撒用的圣餐杯，也没有葡萄酒和祭台。

当司祭骑上无鞍马，手腕被绳索绑住时，人群中响起一阵嘲笑。大村虽说是城镇，但也都是稻草屋顶的房子，跟他以往见过的村庄没什么两样。不过，这里有留着长发、穿着窄袖和服、腰间系着罩裙的赤脚女人们并排站着，将海鲜、柴火和蔬菜摆在路旁。人群中穿水干和裤裙的琵琶法师、穿黑僧衣的和尚抬头看着他，朝他破口大骂。道路狭长，孩子们扔出的石子不时掠过他的脸庞。如果范礼安神父所言不虚，这个大村是传教士们最尽心传教的地方，建了许多教堂，也设立了神学院，连武士和百姓都"热心倾听道理"——就像弗洛伊斯神父在信中描述的那样。听说连领主都成了虔诚的信徒，其族人几乎都改信了天主教。然而现在，孩子们朝他扔石子，和尚劈头痛骂、唾沫横飞，押送的武士们却丝毫不加制止。

大道临海而建，通向长崎。经过一个叫铃田的村落时，有一户农家开满了不知名的白花。武士们勒住马，命一个徒步随侍的男子取水来，但只给司祭喝一次。水从他的嘴角流出，打湿了瘦削的胸膛。

"你瞧，傻大个儿。"

女人们扯着小孩的袖子嘲笑他。一行人又开始缓慢前进，司祭回过头来，一股悲哀突然涌上心头——也许自己再也见不到那棵开满白花的树了。脱下乌帽子擦汗的武士们都蓄着茶筅发，露着腿骑在马上，后面跟着五六名带弓的警吏，叽叽喳喳地交谈着。经过的街道白茫茫的，曲曲折折，司祭看到有一个乞丐拄着拐杖跟在后面，是吉次郎！就像在海边张着嘴目送小船离开时那样，吉次郎现在也散漫地敞着怀走着，发现司祭回过头来，慌忙躲到树后。这个出卖了自己的男人为何要追过来，司祭无法理解，但有一个念头掠过他的心头：昨天晚上在海上划小船的人，可能也是吉次郎。

司祭在马上颠簸着，深陷的眼睛不时茫然地望向大海。海，今天阴沉地闪着黑色的光。地平线上显露出灰色的大岛，但他不知道那是不是他到昨天为止还在流浪的岛屿。

过了铃田，路上的行人逐渐增多。用牛驮着货物的商人们，戴深斗笠、穿窄脚裤裙、打绑腿的旅人，披蓑戴笠的男人，以及穿被衣、戴市女笠的女人，他们发现队伍后，都吃惊地站到路边，像撞见什么怪物似的，茫然地盯着看。田里的农民也会撇下锄头，一溜烟跑过来。

司祭以前对这些日本人的服装打扮很感兴趣，但现在他已精疲力竭，再也无心留意，只是合上眼，蠕动干渴的舌头，一字一字地低声念修道院在傍晚举行的祈祷《十字架的道路》。只要是神职人员或信徒，都知道那是让人回想起基督受难时的痛苦的祷告。当那个人背着十字架走出神殿大门，一步一步、踉踉跄跄地走在通往骷髅地的坡道上时，许多人受好奇心驱使跟在后面。"耶路撒冷的女子，不要为我哭，当为自己和自己的儿女哭。因为日子要到。"司祭还记得这句经文。司祭觉得十多个世纪以前，那个人也用干渴的舌头品尝过如今自己感受到的一切悲哀。这种情感上的交流比任何甘甜的水更能滋润和打动他的心。

他坐在马上，感到泪水顺着脸颊流下来，Pange lingua（歌喉赞颂）。Bella Premunt hostilia, Da robur, fer auxilium...（与敌人的战

斗逼近，请赐予我们力量，援助我们……）① 不论发生任何事，自己都不会弃教。

午后，他们经过一座叫谏早的城镇。这里有护城河和围墙环绕的宅邸，周遭都是稻草屋顶和茅草屋顶的房子。他们来到一户人家门前，佩刀的男子们向队伍里的武士致意，并送来两大桶饭。武士们吃蒸米饭的时候，司祭第一次从马上被放下来，像狗似的拴在树上。附近蹲着头发乱蓬蓬的贱民们，用动物般发亮的眼睛一直盯着他看。他已经无力对这些人报以微笑了。有人在他面前放了个装着小米干饭的破筐，他茫然地抬起头，竟然是吉次郎。

吉次郎同样蹲在那些贱民旁边，不时向他瞄上一眼，两人视线交会时，又慌忙别过脸去。司祭表情严肃地望着吉次郎的脸。在海边见到吉次郎时，他已经疲累得对这个人生不出憎恨之心，但现在，他却无论如何都无法宽恕。在草地上被骗吃鱼干后喉咙的干渴，还有怒火中烧的感觉都霎时重上心头。"去吧，你所作的快作吧！"连基督都对背叛自己的犹大撂下过这种愤怒的话。长久以来，司祭一直认为这句话的意思与基督的爱是矛盾的，但现在看到吉次郎蹲在地上，不时露出宛如挨了揍的狗那般畏怯的表情，他的内心深处涌起阴暗而残酷的感情。去吧，你所作的快作吧，他在心里骂道。

吃完饭，武士们再次骑上马。司祭也被迫上马，一行人缓慢

---

① 天主教著名神学家托马斯·阿奎纳（St. Thomas Aquinas，1225—1274）为纪念耶稣受难而谱曲填词的圣体赞歌。

地前进。和尚们又在破口谩骂,孩子们扔来石子。用牛载货的男人和穿窄脚裤裙的旅人惊讶地抬头看武士,凝视着司祭。一切都和刚才一样。回头看时,吉次郎拄着拐杖跟在队伍后面。"去吧!"司祭在心中低语,"去吧!"

VI

　　天色阴暗下来，云朵缓缓飘过御仙岳的山顶，来到广袤的原野上。那是被称为千束野的旷野，随处可见仿佛在地上爬行的灌木丛，此外便是无尽延伸的黑褐色地面。武士们商量过后，命警吏将司祭从无鞍马上放下来。由于双手被绑，长时间坐在马上，站到地面，他感到大腿内侧一阵疼痛，于是蹲了下来。

　　一名武士取出长烟斗吸烟。这是司祭第一次在日本看到烟草。武士吸了两三口后，噘起嘴吐出烟，然后将烟斗递给同事。警吏们一直羡慕地注视着。

　　很长一段时间，众人有的站着，有的坐在岩石上，一起向南方眺望。也有人在岩石后面小解。北边的天空还有短暂的放晴，南边薄暮的云已层层叠叠。司祭有时望一眼走过的那条路，不知吉次郎在哪里耽搁了，已看不到他的身影，想来定是中途放弃追赶折返了。

不久,看守们指着南方喊道:"来了!来了!"只见和这边一样,一群武士和徒步的男子正从南方缓缓接近。抽烟的武士立刻跨上马,全速疾驰迎了上去。他们在马上彼此低头致意,司祭知道自己将在这里被移交给新的一行人。

交谈过后,从大村押解他过来的这群人掉转马头,朝还有阳光照耀的北方大道而去。司祭被从长崎来接自己的人包围,被迫再次骑上无鞍马。

牢房位于杂树林环绕的山坡上,看上去像是刚刚建好的新仓库,里面进深三米,正面宽四米,天花板高两米。光线能够照射进来的,是一扇小小的格子窗,以及装有木盖板、仅容一个盘子通过的小洞,每天一餐的伙食就是从那里送进来。刚抵达这里和两次接受调查的时候,司祭都观察了牢房的外侧,外侧设有用削尖的竹子排成的栅栏,竹刺向内,戒备森严。再往外,可以看到看守住的茅草屋顶的平房。

司祭被关进来时,没有别的囚犯。一如被关在岛上的小屋时那般,他终日在黑暗中静坐,听看守的谈话。为了消磨时间,他们有时也跟他搭话。司祭从他们口中得知,这里是长崎城郊,但在城市的哪个方位就不得而知了。不过,白天远处会传来工人的呼喝声以及削木头、钉钉子的声音,可以推测这附近是新开发的地方。入夜后,能听到杂树林中斑鸠的叫声。

尽管如此，这牢房里却有一种不可思议的平和与宁静。在山中流浪时的不安与焦躁，仿佛已是很久远的往事了。虽然无法预料明天会发生什么，却没有一丝不安。他向看守要了结实的日本纸和细绳，拿这些东西做成念珠，几乎一整天都在祈祷和仔细领会经文中度过。晚上他躺在床上，闭上眼睛，听着杂树林里山鸠的啼叫，在脑海中描绘基督一生的一幕幕场景。对他而言，从孩提时代起，基督的面容就寄托了自己一切的梦和理想。基督在山上向众人说教的面容，基督在黄昏时渡过加利利湖的面容，即使在遭受拷问的时刻，那张脸也不会失去美丽。那双温柔又能洞悉人心的清澈眼眸一直注视着他。那是一张谁也无法侵犯、谁也无法侮辱的面孔。想到这里，如同海边的沙子静静地吸收了细小的波浪般，他的不安和恐惧都逐渐消失了。

来到日本后，这是他第一次能够静谧地度过每一天。司祭开始怀疑，这种生活的持续，是不是证明他的死期已经不远了。这些日子就是如此宁静温柔地在他心头流过。第九天，司祭突然被带到外面。在不见天日的牢房里待久了，阳光如利刃般刺痛他深陷的双眼。他听到杂树林中蝉鸣如瀑，映入眼中的，是看守小屋后面盛开的红花。他这时才惊觉自己已形同流浪汉，头发和胡须都长得很长，臀部也消瘦了许多，胳膊细得像铁丝。原以为是去受审，但他被直接带到看守的小屋，关进用木格栅围起来的铺地板房间。他不知道自己为什么被转移到这里。

第二天他明白了原因。看守们的怒吼陡然打破了寂静，传来几个男女被从牢门赶到里院的杂乱脚步声。他们被关入那间到昨天为止还关着他的漆黑牢房里。

"再这样下去，我就揍人了！"

看守大声喊道。囚犯们在反抗。

"我们要闹，狠狠地闹！"

看守和囚犯们的争吵持续了一阵子，不久就平息了。傍晚，从牢房里突然传出祈祷的声音。

> 我们在天上的父，愿人都尊你的名为圣。
>
> 愿你的国降临，愿你的旨意行在地上，如同行在天上。
>
> 我们日用的饮食，今日赐给我们。
>
> 免我们的债，如同我们免了人的债。
>
> 不叫我们遇见试探，救我们脱离凶恶。

暮霭中，那些男女的声音犹如喷泉般升起又消失。"不叫我们遇见试探。"在那念诵的声音中，带着些许悲哀和呻吟的意味。司祭眨着凹陷的眼睛，跟着蠕动嘴唇。你始终保持沉默，但你不可能一直沉默下去。

翌日，司祭问看守，他能否去探视那些囚犯。囚犯们正在监视下在院子里种地。

来到院子时，正有气无力地挥动锄头的五六名男女惊讶地回过头。他还记得他们的模样，也记得褪色破旧的田间劳作服。只是可能因为被关在不见阳光的牢房里，他们转过来的脸孔，男人胡须和头发都很长，女人们脸色惨白。

"哎呀！"其中一个女人叫了起来，"是神父啊……我都认不出来了。"

她就是那天从怀里掏出菜瓜给司祭的女人。在她旁边，是模样已与乞丐无异的独眼男人，露出一口黄色的乱牙，笑得很是亲切。

从那天起，他得到看守的允许，每天早晨和傍晚去这些信徒的牢房。那时候看守们也很宽松，知道信徒们绝不会闹事。因为没有葡萄酒和面包，无法举行弥撒，但司祭可以带领信徒们念诵信经、主祷文和圣母经，聆听他们的告解。

　　你们不要倚靠君王，不要倚靠世人，他一点不能帮助。他的气一断，就归回尘土，他所打算的，当日就消灭了。以雅各的神为帮助、仰望耶和华他神的，这人便为有福。[①]

当他逐字逐句向囚犯们低声念出旧约的经文时，所有人都侧耳倾听，没有一个人咳嗽。看守也默默地听着。以前不经意读过的这些经文，从未像现在这样为了信徒、也为了自己，真心诚意地说出来。每一字、每一句都拥有了新的意义和分量，深深地印在他的心里。

---

① 出自《圣经·诗篇》第一四六章。

从今以后，那些为主而死的人有福了……①

"你们不会再遭遇苦难了。"司祭满怀热忱地说，"主不会永远离弃你们。他会为我们清洗伤口，会伸手擦去我们的血。主不会永远沉默。"

到了傍晚，司祭为囚犯们做告解的圣礼。因为没有告解室，他将耳朵贴在送食物的洞口，听对方小声地忏悔。其间，其他人都挤在角落里，尽量避免妨碍。自从离开友义村后，只有在这间牢房里才能履行自己作为神职人员的职责，想到这儿，他暗自期盼这里的生活能够一直持续下去。

听完告解，他用落在院子里的鸡毛当笔，在警吏给的纸上写下登陆日本后的点点滴滴。当然，他不知道自己写的东西能否送到葡萄牙。或许会有某个信徒想办法把它交给在长崎的中国人，他就是怀着这渺茫的希望动的笔。

夜里坐在黑暗中，司祭听着杂树林里斑鸠咕咕的叫声，感觉到了一直注视着自己的基督的面孔。基督那双碧蓝而清澈的眼睛凝视着他，仿佛在安慰他，那张脸虽然平静，却充满了自信。"主啊，你不会再抛弃我们了吧？"司祭对着那张脸低语，仿佛听到了回答："我不会抛弃你们。"他摇摇头，仔细倾听，然而只听到

① 出自《圣经·启示录》第十四章。

斑鸠的啼叫。黑暗又深又浓，然而在那一瞬间，司祭感到自己的心得到了净化。

一天，看守打开锁，从门口探进头。

"换衣服吧！"看守将一叠衣服放在地板上，"你看，崭新的，十德和棉质内衣。这是给你的。"

看守告诉他，"十德"是佛教僧侣穿的衣服。

"不胜感激。"司祭瘦削的脸上浮现出微笑，"不过，请拿走吧，我什么都不需要。"

"你不要吗？你不要吗？"看守像孩子似的摇了摇头，却又羡慕地看了眼衣服，"这可是奉行所的大人们送来的。"

司祭拿自己穿的麻布单衣和这套崭新的衣服比较，心想，那些官差为什么要给自己和尚的衣服？是奉行所对囚犯的怜悯还是另一种策略，他不得而知，但无论如何，通过这套衣服，他和奉行所从今天起就有了联系。

"快点，快点！"看守催促道，"大人们很快就到了。"

没想到这么快就要受审。他每天都在想象自己受审的场景，犹如彼拉多审问基督般富有戏剧性，人群在叫喊，彼拉多在犹豫，基督沉默地站着。然而，从刚才到现在，这里就只有一只油蝉在鸣叫，令人昏昏欲睡。午后向来都是如此，信徒们的牢房也静悄悄的。

他向看守讨了热水擦拭身体，然后慢慢将手臂伸进棉质内衣。

没有布料的舒适触感，相反，因为穿了这衣服，一种与奉行所妥协的屈辱感窜过皮肤。

院子里，几张折叠凳摆成一排，黑色的影子落在地面上。司祭跪伏在面对入口处门的右侧，手放在膝盖上，等了许久。他不习惯这种姿势，膝盖痛得他冷汗直流，但他不愿被那些官差看到自己痛苦的神色，于是拼命思考基督被鞭打时是何种表情，以转移对膝盖疼痛的注意力。

终于听到马蹄声和随从的脚步声，看守们也同样跪伏在地，低头行礼。几名武士摇着扇子，迈着傲慢的步伐走进院子。他们不知在谈些什么，瞥也没瞥司祭一眼，从他面前径直走过，一副很劳苦的样子，分别坐到折叠凳上。看守躬身奉上水杯，他们就慢慢地喝着白开水。

休息过后，右边的武士向看守发了话，司祭就被带到五张折叠凳前，因为膝盖疼痛走得跟跟跄跄。

后面的树上，依旧有一只蝉在鸣叫。汗水在衣服和后背之间流淌，他敏锐地感受到许多目光投向他的后背。此刻，牢房里的信徒们无疑正凝神倾听他和官差们的一问一答。井上和奉行所的官差为何特地选择在这里审问，他心下也已雪亮：是为了让百姓看到自己被问到无言以对、被说服的情景。Gloria Patri et Filio et Spiritui Sancto.（荣耀归于圣父圣子与圣灵。）他闭上深陷的眼睛，尽力想露出微笑，却发现，脸反而僵硬如面具。

"筑后守大人很关心神父有无不便之处。"右边的武士努力用葡萄牙语说道，"如有困难不妨提出。"

司祭默默地低下头。抬起脸时，恰与坐在五张折叠凳中央的老人视线交会。那老人就像得到了新奇玩具的孩童，脸上浮现出和善的笑容，好奇地看着他。

"你的国籍是葡萄牙，名叫罗德里戈，据说是从澳门来我国的，没错吧？"

此前已有其他官差带着通译来这里调查过两次，核实过调查笔录后，右边的武士露出感动的神情。

"神父，你作为上帝的使者，不远万里、历尽艰险来到此间，意志之坚定令我等感佩不已。想来之前定是备尝艰苦吧？"

对方的话语很熨帖，这份熨帖深深沁入司祭心中。

"正因为知道这一点，所以尽管是职责所在，如此审问也令我们于心难安。"

官差出乎意料的话，让司祭紧张的情绪陡然一松。一时间他甚至心头涌起感伤：如果没有国籍和政治的限制，他们未尝不可以握手交谈。但他随即意识到，这样感情用事很危险。

"神父，我们并不是在争论你教义的对与错。在西班牙、葡萄牙以及其他各国，神父的教义可能确实是正确的，但我们禁止天主教，是因为经过深思熟虑，认为天主教的教义对现在的日本无益。"

通译立即切入了讨论的正题。坐在对面的大耳老人依旧怜悯地俯视着司祭。

"在我们看来，所谓正确是具有普遍性的。"司祭终于向老人报以微笑，"刚才，你们官员慰问了我的劳苦，对我远涉万里波涛、历经漫长岁月来到贵国给予了温暖的安慰。然而如果不相信正确是普遍的，为什么那么多传教士能忍受这种苦难呢？正因为在任何国家、任何时代都通用，才称之为正确。如果在葡萄牙正确的教义，在日本是不正确的，那就不能称之为正确。"

通译时而磕磕绊绊，像人偶般面无表情地将这番话传达给了另外四人。

只有正对面的老人频频点头，似乎同意司祭的话，点头的同时，他用左手缓缓摩挲起右手手掌。

"神父们说的话都一样。但是，"通译缓慢地译出另一名武士的话，"在某种土壤中开花结果的树，也有换了土壤就枯萎的。天主教这棵树，在异国会枝繁叶茂，也会开花，但在我们日本就枝叶枯萎，结不出一个花蕾，神父没考虑过土壤和水的差异？"

"不可能枝叶枯萎、不结花蕾。"司祭向对方大声说，"你以为我一无所知吗？且不说我逗留过的澳门，就是欧洲也很了解来日本的传教士所做的工作。听说在许多领主允许传教时，日本的信徒有三十万人之多……"

老人依旧频频点头，不住搓着手。其他官差都绷着脸听通译译过来的话，只有这个老人似乎站在司祭这边。

"如果枝叶不繁茂，也不开花，那只会是因为没有施肥。"

先前的蝉鸣停止了，午后的阳光更加毒辣。官差们沉默不语，仿佛不知该说什么。司祭感到背后牢房里的信徒们都在侧耳细听，他认为自己在这场争论中获胜了，内心慢慢升起一股快感。

"为什么要试图说服我？"司祭垂下眼，平静地说，"无论我说什么，想来你们都不会改变观点，而我也不打算改变心意。"

说话间，司祭突然感到情绪亢奋起来。越是意识到信徒在背后看着自己，他就越想把自己塑造成英雄。

"到头来，不管我说什么都会遭到处罚吧？"

通译机械地将这些话转译给上司，阳光把那张扁平的脸照得愈加扁平了。这时，老人第一次停下了摩挲的手，露出宛如哄劝淘气孙儿的眼神，用力摇头。

"我们不会毫无理由地处罚神父。"

"这不是井上大人的想法。如果是井上大人，只怕当场就会处罚我。"

官差们闻言放声大笑，好似听到了什么笑话。

"有什么好笑的？"

"神父，那位井上筑后守大人就在你眼前。"

他茫然地注视着老人。老人摩挲着手，像孩童般天真地瞧着他。他没料到对方全然不是自己想象中的模样。他一直以为，那个被范礼安神父称为恶魔，令传教士们相继弃教的人，必有一张苍白阴险的面孔，然而坐在眼前的是个看似通达事理的温和老者。

井上筑后守向身旁的武士低声说了两三句话，就吃力地从折叠凳上站起来。其他官差紧随其后，从他们刚才进来的那扇门离开了。

蝉鸣又起。午后的阳光如云母般灼灼闪烁，空空的折叠凳在地面投下更黑的影子。司祭胸中无端涌起一股热流，感到眼里含着泪水。那种感觉就像是完成了某种重任。突然，之前很安静的牢房里有人唱起歌来。

去吧，去吧
去天国的教堂吧
天国的教堂
遥远的教堂……

他被看守带回铺地板房间后，歌声还持续了很久。至少他没有令那些信徒感到迷惑，没有动摇他们的信仰。他认为自己没有表现出丑恶畏怯的态度。

从格子窗漏进来的月光和在墙上形成的影子，让司祭又想起那个人的脸。那张脸似乎正俯视着他。司祭给那张模糊的面孔画了轮廓，添上了眼睛和嘴。我今天做得很好，司祭像个孩子似的得意扬扬。

院子里传来敲梆子的声音，警吏每晚都这样在牢房周围巡视。

第三天，看守把信徒里的男人挑出来，命他们在院子里挖三个坑。透过窗棂，司祭看到烈日炎炎下，独眼男人（他好像叫胡安）和其他人一起挥动锄头，将泥土装进筐里运走。因为溽热，胡安只系了条兜裆布，背上全是汗水，像铁似的闪着光亮。

司祭问看守为什么挖坑，回答说用来当厕所。信徒们进入挖得很深的坑里，卖力地把泥土往上送。

挖坑的过程中，一个男人中暑倒下了。看守们又打又骂，但病人还是蜷伏着一动不动。胡安和其他信徒把他抱起来带回了牢房。

不久，看守来叫司祭，因为倒下的男人病情急转直下，信徒们要找神父。司祭赶到牢房，只见病人躺在黑暗中，形同一块灰色的石头，胡安、莫妮卡等人围在他身旁。

"喝吧！"

莫妮卡拿有豁口的碗盛了水，送到他嘴边。但水只略微沾湿了嘴唇，并未流进喉咙。

"很难受吧？这样身体怎么撑得住啊。"

到了晚上，病人的呼吸变得急促。一整天只吃小米团子，衰弱的身体终究负担不了挖坑的劳动。司祭跪下来，准备为他施行临终时的终傅圣礼，但在他画十字时，男人的胸膛骤然鼓起，一切就此结束。看守命信徒们把尸体烧掉，但司祭和信徒们认为这有违天主教的教义而坚决拒绝，因为天主教徒习惯土葬。翌日早晨，他们将男人埋葬在牢房后面的杂树林里。

"久五郎有福了。"一个信徒羡慕地说，"不再有任何苦痛，永远地安息了。"

其他男女听着他的话，眼神空洞。

午后，闷热的空气逐渐流动，转眼下起雨来。那个下午，雨落在他们埋葬死者的杂树林里，落在牢房的木板屋顶上，发出单调而忧郁的声响。司祭双手抱膝，心想，官差们打算任由自己这样过多久？这里的牢房虽非事事周全，但只要不闹事，看守就默许信徒们祈祷，也默许司祭探望他们或写信。为什么会如此宽容呢？简直不可思议。

透过窗棂，他看到看守正在厉声呵斥一个穿蓑衣的男人。因为穿着蓑衣，看不出那人是谁，但可以肯定不是牢房里的信徒。男人不知在哀求什么，看守摇头想把他赶走，但他似乎不从。

"你再这样，我就要揍人了！"

看守一挥舞棍子，他就像野狗似的朝门的方向逃去了，然后又回到院子里，一动不动地伫立在雨中。

黄昏时分，司祭又向窗棂外望去，穿蓑衣的男人依旧耐心地站在那里，被雨淋得湿透了也不动。看守或许已厌倦了，不再从小屋出来驱赶。

那人转向司祭这边时，两人的视线相遇了。又是吉次郎。他露出畏怯的表情望着司祭，向后退了两三步。

"神父！"他的声音像狗在哀鸣，"神父，请听我说。我想忏悔，请听我说。"

司祭把脸从窗户移开，堵住耳朵不想听那声音。他忘不了鱼干的味道，忘不了当时喉咙如烧灼般的干渴。即使内心想宽恕这个男人，也无法从记忆中抹去怨恨和愤怒。

"神父呀！神父呀！"

就像缠着母亲的幼儿那样，吉次郎继续恳求着。

"我一直在欺骗你。你不听我说吗？如果神父瞧不起我……我也会恨神父和信徒们。我啊，是践踏了圣像。茂吉和一藏都很坚强，我没办法像他们那样坚强。"

看守忍不住要拿棍子到外面来，吉次郎一边逃一边叫喊：

"可是，我有我的苦衷。践踏圣像的人也有他们的理由。你以为我是高高兴兴踏过圣像的吗？我踏下去的脚很痛，很痛啊！我生来就是弱者，上帝却要我效法强者，那不是强人所难吗？"

怒吼声时断时续，有时变成哀告，有时又从哀告变成哭泣。

"神父，像我这般懦弱的人，该怎么办才好呢？那时候我并不是为了钱才去告发神父的，我完全是受官府胁迫……"

"滚，快滚！"看守从小屋探出头吼道，"别不识好歹！"

"神父，请听我说。对不起，我做了无可挽回的事。看守，我是天主教徒，把我关进牢里吧。"

司祭闭上眼，念诵着信经。对正在雨中号啕大哭的男人不加理会，这让他有一种快感。基督也会祈祷，但当犹大在血田上吊自杀时，他有没有为犹大祈祷呢？圣经上对此并无记载，即使有，现在的他也没有基督那样坦荡的胸怀。他不知道这样一个人可以信任几分，虽然吉次郎恳求原谅，但司祭宁愿认为那只是他一时冲动。

吉次郎的声音逐渐微弱，直至消失。司祭向窗棂外张望，看到恼怒的看守正用力推他的背，把他带进牢房。

入夜后，雨停了，送进来少许小米饭和咸鱼。鱼已经腐烂，吃不得了。信徒们的祈祷声照常传来，司祭征得看守的允许去牢房探望他们，发现吉次郎被关在一个远离众人的狭小地方，因为信徒们拒绝和他在一起。

"要当心那家伙，"信徒们小声告诉司祭，"说不定是官府利用弃教的人来骗我们。"

奉行所会不着痕迹地把弃教者安插到信徒当中，巧妙地打探他们的动向，怂恿他们弃教。不晓得吉次郎是不是又收了钱，奉命来做这件事。不过时至今日，司祭已经无法再信任他了。

"神父呀，"知道司祭来了，吉次郎又在黑暗中呼唤，"请帮我做告解，请帮我做恢复信心的告解。"

恢复信心是指曾经弃教的人再次恢复信仰。信徒们听了嘲笑道：

"你想告解吗？尽管说吧！为什么要来这里？你这个混蛋！"

然而，司祭无权拒绝施行告解的圣礼。如果一个人要求领受圣礼，司祭就不能依自己的好恶拒绝。于是他不情愿地走到吉次郎那里，举起手来祝福，义务性地祈祷，然后把耳朵凑过去。黑暗中，当恶臭的气息吹到他脸上时，他的脑海里浮现出这男人的黄牙和狡猾的眼睛。

"听我说，神父。"吉次郎用信徒们都能听到的音量说道，"我是个弃教者，可如果早生十年，说不定我也是个好的天主教徒，可以上天堂，而不是像现在这样，成了弃教者，被信徒们瞧不起。这都是因为我生在禁教的时代……我好恨，我好恨呀！"

"我还不能相信你。"司祭强忍着吉次郎呼出的恶臭，"虽然为你施行了赦免罪行的圣礼，但并不代表我相信你。我也不明白事到如今，你为什么还要回到这里。"

吉次郎长长叹了口气，扭动着身体，寻找辩解的话。污垢混合着汗臭味飘了过来。司祭不觉想，难道连这种人类当中最肮脏的人，也是基督所寻求的吗？恶人也有恶人的强韧和美，然而这个吉次郎连恶人都算不上，只是像破烂衣服一样肮脏。司祭压抑着心中的不快，念完告解最后的祷告，按照习惯喃喃说："平安回去吧！"然后为了摆脱吉次郎的口臭和体臭，立刻回到了信徒们那里。

不，主只寻找如破衣烂衫般肮脏的人。司祭躺在床上这样想。在圣经里出现的那些人当中，基督寻找的，是迦百农患血漏的女人，是被众人扔石头的娼妇，是诸如此类没有魅力也没有美貌的人。被有魅力和美貌的人吸引，那是谁都做得到的，但那不是爱。不抛弃已容色衰颓、如同破衣烂衫般的人及其人生，才是真正的爱。司祭虽然明白这个道理，但还是无法原谅吉次郎。当基督的脸再次靠近他，用湿润、温柔的眼眸凝视着他时，司祭为今天的自己感到羞愧。

践踏圣像开始了。信徒们像被赶到市集上的驴子似的排成一列，抱着双臂坐在折叠凳上的，不是上次的那些官员，而是年轻的下级官差。看守们拿着棍子警戒。今天蝉鸣清越，碧空如洗，空气也很清爽。过不了多久就会像往常那样，闷热得令人昏昏欲睡吧。只有司祭没被带到院子里，他将瘦骨嶙峋的脸贴在窗棂上，注视着即将开始的践踏圣像的情形。

　　"早点结束，就能早点离开这里。并不是要你们诚心诚意地践踏，这只是个形式而已，只是脚踩上去了，并不会损害你们的信念。"

　　官差反复告诉信徒们，踩踏圣像只是一种形式，只要踩上去就行了。即使踩了，也不会影响内心的信仰，奉行所也无意追究及此。只要遵从奉行所的命令，把脚轻轻放到刻有圣像的木板上，当场就可以获释。四名男女面无表情地听着这些话，将脸贴在窗棂上的司祭也不知道他们究竟在想什么。那四张跟他一样颧骨突出，因为终日不见阳光而苍白浮肿的面孔，简直就像没有意识的人偶。

　　他知道该来的终于来了，但无论如何也生不出自己和信徒们的命运即将被决定的真实感。官差向信徒们说话的样子，就像在拜托什么事似的，如果信徒们摇头拒绝，他们大概就会像上次奉行一行人那样，露出苦涩的表情离开吧。

　　看守弯腰把用布包着的圣像放在折叠凳和百姓之间，然后回到原来的位置。

"生月岛，久保浦藤兵卫。"

一名官差翻着簿子点名，四人依旧茫然地跪坐着。看守慌忙拍左边男人的肩膀，男人摆了摆手，身子没动。背部被棍子推了两三次后，他身体向前倾倒，却没有离开跪伏的地方。

"久保浦长吉。"

独眼男人像小孩子似的摇了两三次头。

"久保浦春。"

给司祭菜瓜的女人佝偻着背，头低垂着，即使看守推她，她也不抬头。最后叫到的是一个名叫亦市的老人，同样紧抓着地面不动。

官差并未发怒，也没有责骂，仿佛一开始就料到这种结果。他们仍旧坐在折叠凳上，彼此小声交谈，然后突然站起来，回到看守小屋。从牢房正上方直射下来的阳光，照在被留下来的四人身上，在地面映出了四人跪着的黑影。蝉鸣又起，似乎要撕裂闪着光亮的空气。

信徒们和看守笑着聊了起来，方才审讯者和被审讯者的感觉已荡然无存。一名官差从小屋里发话，除了独眼长吉之外，其他人都可以回到牢房。

司祭松开抓着窗棂的手，坐到地板上。不知道今后会怎样。虽然不知道，但今天总算平安度过了，一股安心感在心头蔓延开来。明天的事明天再说，能活着就好。

"把那个丢掉太可惜了。"

"是挺可惜的。"

随风飘来看守和独眼男人轻松的对话，也不知在聊什么。一只苍蝇从窗棂飞进来，在司祭周围打转，发出催人困倦的嗡嗡声。突然有人跑过院子，然后一声沉重的闷响，司祭抓住窗棂的时候，官差已经处决完毕，正将闪着寒光的刀收入刀鞘。独眼男人的尸体伏在地上，看守拽着他的脚，慢慢拖向让信徒们挖的坑里，黑色的血如带子般从尸体汩汩流出。

突然，从牢房里传来女人的尖叫，叫声犹如唱歌般绵延不绝。声音消失后，周遭一片静寂，司祭抓着窗棂的手在抽搐似的颤抖。

"好好想想吧，"另一名官差背对着司祭向牢房说，"轻视生命会是什么下场。我再啰唆一遍，早点结束就可以早点离开这里。并没有要你们发自内心地去踩踏，只是形式上把脚放上去，又不会伤害到信仰。"

看守呼喝着把吉次郎带了出来。这男人只系了条兜裆布，跟跟跄跄地来到官差面前，连连鞠躬，抬起瘦削的脚踩在圣像上。

"快滚！"

官差一脸不高兴地指着大门，吉次郎连滚带爬地消失了。他一次都没回头看司祭所在的小屋，司祭也已经不在乎他了。

炽热的阳光火辣辣地照射着空旷的院子。正午的阳光下，地面残留着清晰的黑色污迹，那是独眼男人尸体流的血。

和刚才一样，蝉依旧在干哑地鸣叫。无风。和刚才一样，一只苍蝇在司祭脸边打转，发出沉闷的嗡嗡声。外界没有丝毫不同。一个人死了，什么都没有改变。

（怎么会有这种事？）

司祭紧抓着窗棂，失魂落魄。

（怎么会有这种事……）

他并不是因为突发事件而困惑。他无法理解的，是院子里的寂静、蝉鸣声和苍蝇的嗡嗡声。一个人死了，外界却照常运转，好像什么都没发生过。没有比这更荒谬的事了。这就是所谓的殉教吗？你为什么沉默？你应该知道，刚才那个独眼的百姓是为了你而死的，可为什么一切仍如此寂静？这个正午的寂静。你别过脸去，仿佛与苍蝇的嗡嗡声、与愚昧而残忍的事全无干系。这……我无法忍受。

主啊，怜悯我吧！司祭终于颤抖着嘴唇试图念诵慈悲经，然而祈祷的话语却从舌尖上消失了。主啊，不要再抛弃我了，不要再令人费解地坐视不理了。这就是祈祷吗？我素来认为祷告是为了赞美你，但现在向你说话的时候，却仿佛是在诅咒你。他突然有种想笑的冲动。在自己被杀的那一天，外界也会如现在这般，冷漠无情地照常运转吗？自己被杀后，蝉也会继续鸣叫，苍蝇也会继续飞来飞去，发出催人困倦的嗡嗡声吗？就那么想当英雄吗？你所期待的，原来不是默默无闻地殉教，而是为了虚荣而死吗？是希望被信徒们赞扬、祈祷，说那位神父是圣人吗？

他抱着膝盖，一动不动地在地板上坐了许久。"那时约有午正，遍地都黑暗了，直到申初。"① 那个人在十字架上死去的时刻，圣殿里响起三声号角，一声长，一声短，又一声短。逾越节的准备仪式开始了。大司祭长穿着蓝色长袍登上圣殿的台阶，供奉祭牲的祭坛前，长笛吹响。那时，天色阴沉，太阳消失在云层后方。"日头变黑了。殿里的幔子从当中裂为两半。"② 这就是他长久以来想象的殉教景象。然而现实中看到的百姓的殉教，却像他们所住的小屋、他们所穿的破烂衣服一样，是那么寒酸可怜。

---

① 出自《圣经·路加福音》第二十三章。
② 出自《圣经·路加福音》第二十三章。

VII

　　第二次见到井上筑后守，是在五天后的傍晚。当白天凝滞的空气开始流动，树叶在晚风的吹拂下飒飒作响时，他被带到看守的值班室里与筑后守对坐。除了通译，奉行别无随行侍从。司祭同看守一起进入值班室时，这位奉行正双手捧着大碗，慢慢地喝着白开水。

　　"好久不见了。"奉行捧着茶碗，用充满好奇的大眼睛注视着司祭，"我有事去了一趟平户。"

　　奉行命通译为司祭端来白开水，脸上浮现出微笑，悠闲地谈起自己去平户的事。

　　"如果有机会，神父也不妨去一次平户。"

　　他的语气就好像司祭是完全自由的。

　　"那是松浦大人的城下町，有座山面向宁静的海湾。"

"我听澳门的传教士说过，那是座美丽的小城。"

"我倒不觉得有多美丽，不过很有意思。"筑后守摇了摇头，"看到那座城，我便想起从前听过的一个故事。平户的松浦隆信公有四位侧室，这些侧室互相嫉妒，纷争不断，隆信公终于忍无可忍，将四人一起逐出城外。不过，或许不该在终身不娶的神父面前说这种事。"

"那位大人的做法甚是明智。"

因为筑后守的语气很亲切，司祭也不知不觉放松下来。

"你当真这么认为？那我就放心了。平户，不，我们日本就像这位松浦大人。"

筑后守两手转着茶碗，笑了。

"分别叫作西班牙、葡萄牙、荷兰、英国的女人，每次与日本这个男人共寝之时，都在他耳边说彼此的坏话。"

听着通译译过来的话，司祭逐渐明白奉行想说什么了。他也知道奉行绝非在说谎。信仰新教的英国和荷兰不希望信仰天主教的西班牙和葡萄牙进入日本，屡屡向幕府和日本人进谗言，这在果阿和澳门都早已是众所周知的事实。而传教士之间也互相对抗，因此也曾有过严禁日本信徒与英国人、荷兰人接触的时代。

"如果神父认为松浦大人的处置是明智的，想来也不会认为日本禁止天主教的理由很愚蠢。"

奉行气色良好的胖脸上笑容不消，目不转睛地望着司祭。那双眼睛是日本人里少见的浅棕色。他的鬓发可能染过，看不到一根银丝。

"我们教会倡导一夫一妻制。"司祭也故意开玩笑似的回答,"倘若有正室,把侧室赶走就是明智的。日本也从四个女人中选出一个正室,如何?"

"那正室指的是葡萄牙吗?"

"不,是指我们教会。"

通译面无表情地将司祭的回答传达过去,筑后守的表情变了,放声大笑起来。以老人来说,他的笑声很响亮,但他俯视司祭的眼睛里不带丝毫感情,他的眼睛没有笑。

"可是,神父,你不觉得日本这个男人不必非要选择异国女子,而与出生在同一国度、知根知底的日本女子结合才是上上之选?"

司祭当然立刻明白井上筑后守所说的"异国女子"是指什么,但既然对方假借不经意的闲谈来辩论,他也只有奉陪。

"在教会看来,相较于女人的国籍,她对丈夫的真心才是最重要的。"

"是吗?但如果只凭感情就能结为夫妻,那就不会有尘世的苦恼了。俗话说,丑女多情。"

奉行似乎对自己这个比喻很满意,用力点着头。"这世上也有男人因为丑女多情而深感困扰。"

"奉行大人是把传教工作当成了强加于人的爱情。"

"对我们来说就是如此。如果你不喜欢丑女多情这种说法,也可以这么想:不能生育的女人,在这个国家叫石女,没有出嫁的资格。"

"如果天主教无法在日本发展起来，我认为那不是教会的错，而是试图拆散女人和丈夫——也就是教会和信徒——的人的错。"

通译在寻找合适的词语，静默了片刻。往常这时候，从信徒们的牢房里会传来傍晚的祷告声，今天却什么都没听到。蓦地，司祭回想起了五天前的寂静——和此刻的寂静乍看一样，实则截然不同。独眼男人的尸体倒伏在被阳光照得发白的地面上，看守随便抓起他的一只脚拖到坑里。一路延伸到坑旁的血迹，就像刷子在地面画出的一条长长的线。司祭无论如何都想象不到，下令处决的是眼前这个相貌和善的男人。

"神父，不，是到目前为止的神父们，"筑后守一字一顿地说，"似乎都不了解日本。"

"奉行大人也不了解天主教。"

司祭和筑后守同时笑了起来。

"不过三十年前，我还是蒲生家的家臣时，曾经向神父请教过教义。"

"然后呢？"

"我现在下令禁止天主教，和社会上一般人的想法不同。我从来不认为天主教是邪教。"

通译听了这句话，露出惊讶的表情，犹豫了一下才开口翻译。筑后守一直含笑看着只剩少许白开水的茶碗。

"神父，往后这段时间，你要好好考虑我这老人家说的两件事：

丑女的深情对一个男人来说是难以承受的重担，以及石女没有出嫁的资格。"

奉行站起身来，通译双手交叠在胸前，恭恭敬敬地低头行礼。筑后守从容地穿上看守慌忙备好的草鞋，头也不回地走向暮色茫茫的院子。小屋门口，成群的蚊子在飞舞，外面传来马的嘶鸣。

夜里，雨静静地下了起来，落在小屋后面的杂树林里，发出沙沙的声响。

司祭将头抵在坚硬的地板上，听着雨声，想起那天和自己一样接受审判的那个人。四月七日早晨，那个瘦削的人脸上带着擦伤，表情僵硬，被众人赶下耶路撒冷的斜坡。黎明的曙光将延伸向死海的摩押山脉染得发白，塞德隆河潺潺流淌。谁也不让他休息。从大卫坡穿过克西斯广场，只有提罗佩恩桥旁的会议所沐浴着晨曦，呈现出阔大的金色轮廓。

长老和经学教师立刻做出了死刑判决，接下来，只要罗马总督彼拉多批准就可以了。在圣殿广场的走廊外，与圣殿比邻而立的军营里，已接到消息的彼拉多应该正在等着他们。

四月七日那个决定性的早晨的情景，司祭自幼便熟记在心。那个瘦削的人于司祭而言，是一切的楷模。即使是那个人，也同所有牺牲者一样，以充满悲哀和绝望的眼神，怨恨地注视着辱骂他、朝他吐口水的人群。然而犹大也混在人群当中。

为什么犹大到这时候还跟在那个人后面？是出于复仇的快感，想看到被自己出卖的男人的下场吗？总之，一切都跟他自己的遭遇出奇地相似。

基督被犹大出卖，自己也被吉次郎出卖，如今也和基督一样，将要被人间的掌权者审判。自己和那个人分享着相似命运的感觉，在这个雨夜化为有如痛楚般的喜悦，充溢在司祭的心头。那是天主教徒才能体会到的，与神之子心灵相通的喜悦。

另一方面，想到自己还不曾尝过基督所经历的肉体的痛苦，他又心生不安。在彼拉多的宅邸里，那个人被绑在两尺多高的刑柱上，被带金属球的皮鞭抽打，手被钉上钉子。可奇怪的是，他自从被关到这间牢房后，从未被官差和看守拷打过。他不知道是不是出于筑后守的指示，内心隐隐有种感觉，这样不会挨打的日子今后也会延续下去。

这是为什么呢？他也曾屡屡听闻，在这个国家被捕的众多传教士遭受了何等可怕的拷问和折磨。纳瓦罗神父在岛原活生生被火炙烤，卡尔瓦利奥神父、加布里埃尔神父在云仙一次次被浸入滚烫的热水中，还有许多传教士被关在大村的牢房里活活饿死。然而自己在这牢房里却可以祈祷，也可以与信徒们交谈，食物虽然粗陋，每天也有一餐。官差和奉行从未严厉地审问自己，几乎都是形式上闲谈几句就回去了。

（他们究竟有什么图谋？）

司祭想起在友义村的山间小屋里，他和同事加尔佩曾讨论过几次，如果他们遭到拷问，到底能不能撑下去？当然，除了极力祈求主的帮助外别无他法，但那时他心里觉得，他可以坚持到死。

在山中流浪时，他也做好了心理准备，一旦被捕，必将遭受肉体上的折磨。或许是当时情绪激烈的缘故，他认为无论怎样的痛苦，都能咬紧牙关忍受。

然而如今，这种决心似乎有所减弱。他从地板上站起来，摇着头想，勇气是从何时开始动摇的。（是因为这里的生活吧。）内心深处，突然有人告诉他。（这里的生活对你而言，是最愉快的。）

是的。来到日本以后，除了这间牢房，他几乎没在其他任何地方尽过司祭的义务。在友义村，因为害怕官府而躲藏，之后也没有接触过吉次郎之外的百姓。自从来到这里，他才有机会和人们一起生活，不用挨饿，一天的大部分时间都用来祈祷和冥想。

在这里的时光如沙子般静静流逝，钢铁般紧绷的心情也一点点腐蚀。他开始觉得，曾经认为不可避免、一直在等待的拷问和肉体的痛苦，已经不会落到他头上。官差和看守并不苛刻，胖脸的奉行愉快地谈论着平户的事。一旦尝过这种温水般的安逸，再想像以前那样在山中流浪或是藏身在山间小屋里，就需要加倍的决心了。

司祭这时才意识到，日本的官差和奉行几乎什么都不做，就像蜘蛛静静等待猎物落入网中，他们在等待的，就是自己的这种松懈。他蓦地想起了筑后守的假笑和摩挲手掌的动作。奉行为什么会做那种动作，他现在已经完全理解了。

一切仿佛要印证他的猜想，原本一天只供应一餐，从翌日起增加到两餐。毫不知情的看守和善地咧开嘴笑着说：

"吃吧！这是奉行大人吩咐的，很少有的待遇哦。"

司祭望着木碗里的蒸米饭和鱼干摇摇头，请看守送给信徒们吃。苍蝇已经在米饭上盘旋飞舞。傍晚，看守拿了两张草席来。

这般改善待遇后，下一步官差们会做什么，司祭逐渐明白了。待遇改善，也就意味着拷问的日子近了。习惯了安逸的肉体，只会越发忍受不了苦痛。官差们必定是使用这种阴险的手段，等着自己的身心逐渐松懈，再突然加以拷问。

（穴吊……）

司祭还记得在岛上被捕那天从那个通译口中听到的话。如果费雷拉神父弃教了，那他定是同自己一样，起初待遇良好，在肉体和精神都完全松懈后，突然遭到拷问。若非如此，那位德高望重的神父怎会当场弃教？这是何等狡猾的方法啊！

"日本人是我们所知道的最聪明的人。"想起圣方济各写的话，他露出讥讽的表情笑了。

拒绝加餐，以及晚上没有使用草席的事，当然已被看守报告给了官差和奉行，但并未受到责难。他们是否发现计划被识破，他当然无从知晓。

筑后守来过后，又过了十天左右。早晨，司祭被院子里的嘈杂声吵醒了。他将脸贴到格子窗上，只见三名信徒正在武士的催促下被带出牢房。晨霭中，看守们将三人的手腕绑成一串拖出来。给过他菜瓜的女人被绑在最后。

"神父！"经过关押司祭的小屋时，他们异口同声地叫道，"我们去服劳役了。"

司祭将手伸出格子窗，逐一为他们画祝福的十字。他的手指轻轻碰触到像孩子似的凑过来的莫妮卡的额头，她脸上露出略带悲伤的微笑。

一整天都很安静，快到中午的时候，气温逐渐升高，炽热的阳光透过窗棂毫不留情地照进来。司祭向看守打听那三名信徒几时回来，回答说只要劳役结束，傍晚前就会回来。在筑后守的命令下，长崎到处都在兴建寺庙和神社，有再多丁夫都不够用。

"今晚是盂兰盆节，不过神父应该不知道吧？"

据看守说，今晚是佛教的盂兰盆节，长崎的百姓都会在屋檐下悬挂点亮的灯笼。司祭告诉看守，西方有万圣节，也做同样的事。

远处传来孩子们的歌声，侧耳细听——

灯笼呀，是灯笼，扔石头，手会烂
灯笼呀，是灯笼，扔石头，手会烂

孩子们断断续续的歌声，不知怎的带着几分哀愁。

薄暮时分，又有寒蝉停在那紫薇树上叫起来了。风停时，蝉声也止歇了，但三名信徒还没回来。在油灯下吃晚饭时，他又依稀听到孩子们的歌声。夜半，皎洁的月光从窗子泻进来，将他从睡梦中唤醒。祭典似乎已结束，夜色深浓，不知道信徒们回来了没有。

翌日早晨天还没亮，看守就把他叫起来，让他穿上衣服，立刻出来。

"走吧！"

他问去哪里，看守摇摇头，回答说自己也不晓得，不过选这么早的时间，可能是防止沿途好奇心强的百姓瞧见外国天主教神父而聚集成群。

三名武士在等着他。他们也只说这是奉行的指示，随后就排成一列，默默地走在早晨的路上。晨雾中，成排稻草屋顶和茅草屋顶的商家紧闭门户，宛如忧郁的老人般一言不发。道路两旁有田地，堆积着木材。加工木材的味道夹杂在雾的气味中飘来。长崎的街区还在营建中，崭新的瓦顶板心泥墙后面，乞丐和贱民们盖着草席睡觉。

"第一次来长崎吗？"一名武士向司祭笑笑，"斜坡很多吧？"

斜坡确实很多，有的斜坡上盖满了茅草屋顶的小房子。鸡鸣报晓，屋檐下懒懒地滚落着褪了色的灯笼，许是昨夜盂兰盆节的余韵。斜坡的正下方，芦苇丰茂的大海被狭长的半岛环抱，如乳白色的湖泊般延伸向远方。晨雾消散后，背后现出几座不高的山丘。

海边有一片松树林。松树林前放着篮子，四五个光脚的武士正蹲着吃东西。他们动着嘴，以充满好奇的眼神打量着司祭。

林中已围起白色的帷幕，摆了几张折叠凳。一名武士指着折叠凳，叫司祭坐下。对以为是来受审的司祭来说，这种待遇多少有些意外。

灰色的沙滩平缓地延伸到海湾，天空阴沉沉的，映得海面也呈深褐色。海浪拍打海滨的单调声响，让司祭想起了茂吉和一藏的死。那一天，海上下着绵绵细雨，雨中，海鸟飞到木桩附近。大海似乎很疲倦，沉默着，神也一直保持沉默。这个几次掠过他心头的疑问，他至今还没有答案。

"神父！"

后面传来声音。司祭回头看时，一个长发垂到脖颈的方脸男人正含笑把玩着扇子。

"噢。"

司祭不是从长相而是从声音认出这个男人，是在岛上小屋讯问过自己的通译。

"你还记得我吗？自那之后又过了多少时日？无论如何，能再次见面是件可喜的事。神父现下所在的牢房是新建的，住起来还不坏吧？在那座牢房建成之前，天主教的神父几乎都关押在大村的铃田牢房，那里雨天漏雨，刮风天灌风，让犯人们很难受。"

"奉行很快会来这里吗？"

为了阻止对方喋喋不休，司祭转移了话题。通译的扇子在掌中啪嗒作响。

"不不，奉行大人不会来的。你觉得那位奉行如何？"

"他对我很好，每天提供两餐，连晚上的睡衣也给了，我担心我的身体会因为这样的生活而背叛我的心。不过，那正是你们期待的吧？"

通译装傻充愣，别开了视线。

"其实今天奉了奉行所的命令，务必要让神父见个人，他不久就会抵达。你们同是葡萄牙人，一定有很多可谈的。"

司祭定定地望着通译黄浊的眼睛，对方脸上的微笑消失了。费雷拉的名字浮现在他的脑海中。原来如此。这些人终于把费雷拉带来，要说服自己弃教？长久以来，他对费雷拉几乎没有厌恶感，反而是优秀者对可怜人的怜悯之情更强烈。但如今终于要见到他的时候，司祭却感到异常忐忑不安，自己也不甚明白缘由。

"那个人是谁，你知道吗？"

"知道。"

"是吗？"

通译脸上露出浅笑，摇着扇子望向灰色的沙滩。沙滩的远处，依稀可见一群人排成队正朝这边走来。

"他就在那群人当中。"

虽然不想表现出内心的慌乱，司祭还是不受控制地从凳子上站了起来。透过被风沙侵蚀成灰白的松树干，逐渐靠近的人群已慢慢可以辨认。两名押送的武士走在前面，背后是被绑成一串的三个人，其中莫妮卡踉踉跄跄的样子一目了然。在三人身后，司祭看到了自己的同事加尔佩。

"瞧，瞧，"通译扬扬自得地说，"和神父猜想的一样吗？"

司祭目不转睛地盯着加尔佩的身影。加尔佩不知道司祭就在这片松树林里。他跟司祭一样，穿着日本的田间劳作服，膝盖以下笨拙地露出白色小腿。他尽量挺起胸膛，深深吸气，跟在众人后面。

令司祭吃惊的并非同事被捕。早在登陆友义村海滨的时候，他们就已做好心理准备，迟早会被捕。司祭想知道的是，加尔佩是在何处被捕，被捕以来他想了些什么。

"我想跟加尔佩谈谈。"

"那就谈吧。不过一天很长，现在还是早上，不必着急。"

似乎是为了吊司祭胃口，通译故意打了个哈欠，开始拿扇子往脸上扇风。

"对了，在岛上和神父讨论的时候，有个问题我忘了问。神父，天主教所说的慈悲，究竟是什么？"

"你就像一只捉弄小猎物的猫，"司祭喃喃地说，凹陷的眼睛悲伤地看着对方，"现在正享受着最可鄙的快感。请告诉我，加尔佩是在哪里被捕的？"

"我们不会无缘无故地把奉行所的事透露给犯人。"

灰色沙滩上的队伍突然停下了，官差们开始卸下队尾驮在马背上的草席。

"喂，"通译愉快地窥伺着司祭的表情，"神父，你知道那草席是做什么用的吗？"

官差们用草席把除加尔佩以外的三名信徒的身体缠裹起来。他们的模样就像只有脑袋露出蓑衣的蓑蛾。

"很快他们就会被送上小船，船会划到海上。这海湾比看上去的更深。"

灰蓝色的海浪依旧单调地冲刷着海滨。云层掩蔽了太阳，整个世界蒙上了一层铅灰色。

"看，一个官差正在跟加尔佩神父说话。"通译唱歌似的说，"他在说什么呢？想来是这么说的：如果你真的是慈悲的天主教神父，一定会怜悯那三个裹着草席的人，不会坐视不理。"

司祭现在完全明白通译想说什么了，愤怒如飓风般席卷全身。如果他不是神职人员，定会使尽全力勒紧这个男人的脖子。

"奉行大人也交代过，只要加尔佩神父说一声'弃教'，就可以救三个人的命。他们昨天已经在奉行所踩踏了圣像。"

"对踏过的人现在还……太残忍了！"

司祭喘着气，却说不下去了。

"我们希望弃教的，不是那种小角色。在日本还有很多偷偷信奉天主教的百姓，为了让他们迷途知返，必须先让神父们弃教。"

"Vitaem prasta puram, Iter para tutum.（让我们的生命纯净，让我们的道路平安。）"司祭本想念诵海星圣母颂，但清晰浮现在心头的，不是祷告词，而是院子里的景象——蝉在紫薇树上鸣叫，阳光照耀的地面上，留下一道黑红色的血迹。他来这个国家是预备为众人牺牲的，但事实是日本的信徒一个接一个为他而死。他不知道该怎么办。所谓行为，不像以前在教义中学到的那样，可以明确区分正与邪、善与恶。如果加尔佩摇头拒绝，三名信徒就会像石头一样被抛入海湾，但如果他接受官差们的诱惑，就意味着人生的挫败。司祭不知道该如何是好。

"那个加尔佩会怎么回答呢？我听说在天主教的教义里，首要的就是慈悲，上帝也极其慈悲……啊，是船！"

突然，被草席裹缠的两个信徒跌跌撞撞地跑起来。官差从背后用力一推，囚犯们就倒在了沙滩上。只有形如蓑蛾的莫妮卡定定地望着蓝灰色的大海。司祭想起了那个女人的笑声和从胸前掏出给自己的菜瓜的味道。

（弃教吧，弃教吧。）

他在心里朝着背对自己、正在听官差说话的加尔佩叫喊。

（弃教吧，不，不可以弃教。）

司祭感到汗水从额头流下来，他闭上眼，畏怯地想别开视线，不去看即将发生的事。

你为何沉默？甚至在这种时刻也还在沉默？睁开眼时，三个蓑蛾似的信徒已被官差赶着向小船去了。

（我要弃教，弃教。）这句话已经到了喉咙，他咬紧牙关，强忍着不说出来。两名手持长枪的官差跟在囚犯们后面，把和服卷到腰间，跨上船舷。小船在波浪间摇晃着，离开海岸。还有时间。请不要将这一切归咎于加尔佩和我，那是你必须负的责任。加尔佩冲了过去，举起双手，从岸边跳进海里。他向小船游过去，溅起阵阵水花，一边游一边喊：

"请听……我们的祈祷……"

那声音辨不出是哀叫还是怒吼，当黑色的脑袋没入波浪中时，声音也随之消失。

"请听……我们的祈祷……"

官差们从小船上探出身，露出雪白的牙齿笑了。其中一个重新拿起长枪，戏弄试图靠近小船的加尔佩。他的脑袋没入海中，声音中断了，然后又像被海浪卷起的黑色垃圾一般浮出来，以比先前更无力的声音断断续续地叫着什么。

官差让一名信徒站到船舷上，用枪柄猛力一推，那如人偶般被草席包裹的身体就笔直消失在海里。紧接着，另一个男人也简简单单地落入海中。最后莫妮卡也被大海吞噬。只有加尔佩的脑袋像遇难船只散落的木块般漂浮了一会儿，不久就被船掀起的波浪淹没了。

"这种事，看多少次都叫人不舒服。"通译从折叠凳上站起来，突然回过头，眼里充满了憎恨。

"神父，这都是因为你们，因为你们把自私的梦想强加给日本。你可曾想过，为了那个梦想，给多少百姓带来了苦难？看！血又在流了，那些懵懂无知的人的血又在流了。"

然后，他不屑地说：

"加尔佩还算勇敢，但你……你是最懦弱的人，不配称作神父。"

灯笼呀，是灯笼，扔石头，手会烂

灯笼呀，是灯笼，扔石头，手会烂

盂兰盆节虽已结束，孩子们仍在远处唱着那首歌。这个时候，长崎家家户户都把盆架上供奉的豆子、芋芽、茄子连同祭祖用的饭一起舍给贱民和乞丐。紫薇树上，每日蝉鸣依旧，只是声音渐渐无力。

"他怎么样了？"

每天来查看一次的官差问。

"还是老样子，一天到晚面对着墙壁。"

看守指着关押司祭的房间小声回答。官差悄悄透过格子窗往里瞧，照进阳光的铺地板房间里，司祭正背对他坐着。

对面的墙壁上，一整天他都看到群青色的海浪和浮沉其中的加尔佩的黑色小脑袋。现在，三个被草席包起来的信徒也如石子般落入海中。

这幻影一摇头就消失了，闭上眼，又执拗地在眼前挥之不去。

"你是个懦弱的人，"从折叠凳上站起来的通译说，"不配称作神父。"

他既没能拯救信徒，也没有像加尔佩那样，追随他们消失在波浪中。他被对那些信徒的怜悯牵绊着，一筹莫展。然而怜悯不是行动，也不是爱。怜悯和情欲一样，不过是一种本能。这些知识，他很久以前就在神学院的硬板凳上学过了，但只停留在纸面上。

"看！看！血因为你们而流，百姓的血又在地面流淌。"

阳光照耀的牢房院子里，浮现一条绵延的黑红色血迹。通译说，这血是传教士们自私的理想招致的。井上筑后守把这种自私的理想比喻成丑女的深情，他说，对一个男人而言，丑女的深情是难以承受的重担。

"而且，"通译露出笑容的脸和筑后守气色红润的胖脸重合了，"你说你来这个国家是要为他们而死，但事实是他们一个接一个为你而死。"

轻蔑的笑声揭开了司祭的伤口，如针般刺了进去。他虚弱地摇了摇头，长久以来，这个国家的百姓并非为自己而死。他回答说，他们为保护自己选择了死亡，是因为获得了信仰。但事到如今，这个回答已无法成为治愈伤口的力量了。

日子就这样过去，紫薇树上，蝉依旧在无力地鸣叫。

"他怎么样了？"

每天来查看一次的官差问。

"还是老样子，一天到晚面对着墙壁。"

看守指着房间小声回答。

"奉行所下令要仔细观察。一切都如筑后守大人的计划进行。"

官差把脸从格子窗移开，像一直观察病人病情发展的医生，露出满意的浅笑。

盂兰盆节结束后，长崎的街区过了段安静的日子。这个月的月底叫作"礼日"，长崎、大山浦、浦上的庄头们将早稻米装箱进献给奉行所。八月的朔日称为"八朔"，官差和有身份的地方代表穿着白麻布夏衣向地方官请安。

月亮逐渐接近满月。牢房背后的杂树林里，每晚斑鸠和猫头鹰交替啼鸣。杂树林的上方，浑圆的月亮带着诡异的红色，在黑云里时隐时现。老人们议论着今年可能会有不祥之事发生。

八月十三日。长崎的商家做醋拌萝卜丝，煮番薯、大豆等。当天，在奉行所工作的官差向奉行献上鱼和糕点，奉行也分赏给官差们酒、清汤和糯米团子等物。

那天晚上，看守们拿番薯、大豆等当下酒菜，一直喝到深夜，口音浓重的说话声和杯盘的碰撞声不绝于耳。司祭正襟危坐，从格子窗漏进来的银色月光，洒落在他瘦削的肩头。清瘦的身影映在木板墙上。偶尔，不知受了什么惊吓，一只油蝉唧唧叫着从杂树林中飞起。他闭上凹陷的眼睛，静静忍耐着深邃的黑暗。在这个自己相识的人都已入睡的夜晚，如锥刺般横过司祭胸中的，是另一个夜晚的事。那个人蹲在客西马尼吸收了白天热气的灰色地面上，独自远离熟睡的门徒们。"痛苦得快要死了，汗珠如血点滴落。"司祭此刻细细回想着那个人的脸容。过去他回想过数百次，但不知为何，唯独这张满是汗水的痛苦的脸让他感觉很遥远。然而今晚，他第一次将注意力集中在眼前那张脸颊瘦削的面容上。

那天晚上，那个人是否也预感到神的沉默，因恐惧而战栗？司祭不愿如此想，然而现在，那声音陡然从胸中掠过，司祭用力摇了摇头，告诉自己一句也不要听。他想起被绑在木桩上的茂吉和一藏逐渐沉没的雨中的海；追赶小船的加尔佩不久气力耗尽，黑色脑袋如小小木块般漂浮的海；被草席包裹的信徒从那条小船上一个接一个落下的海。海无边无际，哀伤地延伸开去，但那时，神在海上也固执地保持着沉默。"以利，以利，拉马撒巴各大尼？"（我的神，我的神，为什么离弃我？）① 突然，这声音和铅灰色大海的记忆一同涌上司祭心头。"以利，以利，拉马撒巴各大尼？"星期五的六点钟，这声音从朝向漆黑天空的十字架上响起，但长久以来，司祭一直认为这是那个人的祈祷，绝不是出于对神沉默的恐惧而发出的呐喊。

神真的存在吗？倘若神不存在，自己远渡重洋，将一粒种子带到这贫瘠小岛上的半生是多么可笑。蝉声聒噪的中午，人头落地的独眼男人的人生是多么可笑。在海中追赶信徒们乘坐小船的加尔佩的一生是多么可笑。司祭对着墙壁笑出声来。

"神父，有什么好笑的？"

正在喝酒的看守们那口音浓重的说话声停止了，一个人去上厕所，从门前经过时问道。

当早晨来临，强烈的阳光再次从格子窗射进来时，司祭又恢复了几分气力，从昨晚侵袭自己的孤独感中振作起来。他将两腿伸向前，头靠在木板墙上，用空虚的声音低吟着《诗篇》里的诗。"是大卫的歌，也是赞美。我心坚定。我要唱诗，我要歌颂。琴瑟啊，你们当醒起，我也要唤醒黎明。赞颂耶和华呵。"少年时代，每次看到风拂过晴空或果树，他必会想起这些经文。但那时的神，

---

① 出自《圣经·马太福音》第二十七章。

不像现在这般令他心存畏惧、疑惑，而是更加亲近，让人感受到与这世间和谐共处的喜乐。

官差和看守有时会透过格子窗窥视他，眼里充满好奇，但司祭头也不回。每天送进来的两顿饭食，他也不怎么去碰。

进入九月，一个空气中开始沁着几分凉意的午后，那名通译突然来访。

"喂，今天想让你见一个人。"通译把玩着扇子，用一贯戏谑的口吻说道。

"不不，不是奉行大人，也不是那些官差，是个你一定也很高兴见到的人。"

司祭沉默不语，以毫无感情的眼神注视着对方。他依旧清楚地记得通译那天对自己说的话，但奇怪的是，他并不感到憎恨，也不感到愤怒。与其说是感受不到，毋宁说他已经无力去感受那些情绪了。

"听说你连饭都不怎么吃，"通译露出惯常的浅笑，"还是别钻牛角尖的好。"

说着，他频频进出房间，疑惑地歪着头。

"轿子来得慢，这时间应该要到了。"

如今不管谁来，司祭都已经不感兴趣了。他只是茫然地、好像看一个物件般，望着通译在自己和看守房间之间匆忙往返的背影。

门口响起轿夫的声音，不知在小屋外和通译正交谈些什么。

"神父，我们走吧。"

司祭默然起身，缓慢走出房间。眼睛因神经疲劳而发黄浑浊，在户外的阳光下感觉格外刺痛。两个系着兜裆布的轿夫手肘靠在轿子上，目不转睛地盯着这边。

"好重啊，身体这么胖。"

司祭一上轿，轿夫立刻抱怨道。为了避人耳目，他们将轿帘放了下来，外面的情形什么也瞧不见，只听到各种各样的声音：孩童们的叫喊和说话声、僧人的铃声、施工的噪音。夕阳透过竹帘斑驳地照在他脸上。不只是声音，还有各种气味飘来：树和泥土的味道，鸡和牛马的气味。司祭闭上眼，将短暂拥有的人间烟火深深吸入心底。突然，他心中升起一种欲望，想要和大家一样，找别人说话，听别人说话，融入这样的日常生活。他已经受够了在烧炭小屋躲藏的日子，在山中流浪害怕被追捕的日子，还有眼睁睁看着信徒被杀的日子。他感到自己再没有力气忍受这一切了。然而，"尽你的心、尽你的魂、尽你的意、尽你的能力"只凝视一件事，正是他成为司祭以来的工作。

只听声音就知道轿子已经进了城。之前听到的是鸡和牛的叫声，而现在透过竹帘传来的，是行人匆忙的脚步声、小贩们响亮的叫卖声、车轮的响声和不知争吵什么的叫嚷声。

究竟会被带到哪里，要跟谁见面，对司祭来说已经不重要了。无论见谁，都会像以前一样，重复同样的问题，以同样的方式诘问。就如同希律王审问基督，只是形式上的讯问，并不是为了听他的回答。而且，他也不明白为何井上筑后守既不杀他也不释放他，而是让他活下去。但如今，他已经懒得去探寻个中缘由了。

"就是这里。"

通译一边用手掌擦去汗水，一边命轿子停下，掀开轿帘。司祭出了轿子，不知何时，夕阳已灼灼耀眼。牢房看守也在，显然是怕他中途逃走，所以跟了过来。

石阶上有一座山门。夕阳照耀下的山门背后，可以看到不大的寺庙。后面是有悬崖峭壁的褐色山脉。住持的居室光线幽暗，凉飕飕的铺地板房间里，两三只鸡旁若无人地走来走去。一个年轻的和尚走出来，抬头看了看司祭，炯炯有神的眼里充满敌意，连通译也没打招呼就消失了。

"和尚们不喜欢你们这些神父。"

通译坐下来，望着院子欣然说道。

"总是一个人对着墙发呆，对身心是有害的。不过我先讲清楚，要是惹出些无谓的麻烦，对谁都没有好处。"

和往常一样，司祭对通译嘲弄的话几乎充耳不闻，倒是不知为何，在这间充斥着线香、湿气、日本人的食物味道的居室中，陡然闻到一种异样的气味。是肉味！因为许久没吃肉了，他连这种淡淡的肉味都很敏感。

远处传来脚步声，从长长的走廊的另一边慢慢靠近。

"你已经猜到要见谁了吧？"

司祭表情僵硬，第一次点了点头。他感觉到膝盖忍不住在发抖。

虽然知道总有一天会和那人见面，但从没想到是在这种地方。

"差不多该让他们见面了。"通译欣赏着司祭颤抖的身影，"这是奉行大人吩咐的。"

"井上大人？"

"是的。对方也很想见你。"

年老的僧侣身后，穿黑色和服的费雷拉低着头走来。矮小的老僧昂首挺胸，高大的费雷拉却低垂着头，那模样显得格外卑微，简直就像脖子上绑着绳子被硬拉过来的大牲口。

老僧站定后，瞥了眼司祭，一言不发，盘腿坐在夕阳照射的房间角落。众人沉默了很久。

"神父，"司祭终于用颤抖的声音说，"神父。"

费雷拉微微抬起头，看了司祭一眼。那双眼里同时闪过卑微的笑意和羞愧的光芒，随后他刻意睁大眼，俯视着司祭，像是在挑衅。

司祭不晓得该说什么。他胸口发堵，只觉得现在说什么都像是谎言。僧侣和通译一直注视着他，他也不想再激起他们那种居高临下的好奇心。怀念、愤怒、哀伤、怨恨，种种情感交织在一起，在内心深处沸腾。（为什么摆出这种表情？）他在心里道。（我不是来责备你的，我不是为了审判你才来这里的。我不是优胜者。）他想勉强挤出微笑，泪水却不听使唤地盈满了眼眶，顺着脸颊缓缓流下。

"神父，好久不见……"

司祭声音发颤，终于说出话来。他深知这句话在此刻是多么可笑愚蠢，但除此之外，无话可说。

然而费雷拉还是沉默不语，脸上浮现出挑衅般的浅笑。从虚弱卑微的微笑到这种挑衅般的表情，司祭对费雷拉的心态再了解不过了。正因为了解，他真想就这样如朽木般倒下。

"说点什么吧。"司祭喘着气说，"如果您怜悯我，请说点什么吧。"

您把胡子刮掉了啊。突然，这句奇怪的话涌上喉咙。他自己也不知道为何会突然冒出这样的念头。但是，过去他和加尔佩认识的费雷拉神父，确实蓄着精心打理的漂亮胡须，那使得他的脸上有一种独特的慈祥和威严。可是现在，本该留着胡子的鼻子下方和下巴都刮得很光滑，司祭感到眼睛总忍不住往费雷拉脸上光秃秃的部分看，那里显得异常淫猥。

"这种时候该说什么好呢？"

"您在伪装自己。"

"伪装自己？那没伪装的部分该怎么说呢？"

为了不漏听两人的葡萄牙语，通译探身向前。有两三只鸡拍打着翅膀，从泥土房间飞到铺地板房间。

"您在这里住了很久吗？"

"大概一年吧。"

"这里是……"

"一座叫西胜寺的寺院。"

费雷拉说出"西胜寺"这个词时，如同石佛般面向前方的老僧朝他转过脸来。

"我也在长崎的某处牢房里，具体地点我自己也不知道。"

"我知道，是在名叫外町的郊外。"

"您每天做些什么呢？"

费雷拉的脸扭曲了，伸手抚摩着光溜溜的下巴。

"泽野大人每天都在写书。"

通译在旁代替费雷拉回答。

"我遵照奉行的命令，正在编写天文学方面的书。"费雷拉飞快地说，似乎想要堵住通译的嘴，"是的，我是有用的，对这个国家的人民是有用的。日本人各方面的知识都很丰富，但在天文学和医学方面，我这样的西方人还是帮得上忙。当然这个国家有从中国学到的优秀医学……加上我们的外科，一定能精益求精。天文学同样如此，所以我托荷兰的船长们帮忙购买透镜和望远镜。我在这个国家绝非毫无用处。我是如此有用，是的。"

司祭一直注视着费雷拉喋喋不休的嘴角，不明白对方为什么突然变得这么饶舌。但他再三强调自己还有用处，这种内心的焦虑似乎可以理解。费雷拉不只是说给司祭听。他滔滔不绝，是为了让通译和僧侣也听到，为了让自己认同自己的存在。

"我对这个国家是有用的。"

其间，司祭看着费雷拉，不住哀伤地眨着眼睛。是的，对人们有益、有用，是神职人员唯一的愿望和梦想。神父们的孤独，是在自己对他人无益的时候。司祭想，即使费雷拉如今弃教了，也无法摆脱过去的心理习惯。就像发疯的女人仍然会给婴儿喂奶，费雷拉似乎在依赖过去的回忆，希望自己对他人有益。

"幸福吗……"

司祭喃喃地说。

"谁……"

"您……"

"幸福，"费雷拉的眼里再次闪过挑衅般的锐利光芒，"因各人的想法而不同。"

从前的您绝不会说这种话——司祭正要如此说，又心生倦意，闭口不言。他来到这里并不是为了指责对方弃教或背叛了他们这些学生，也丝毫无意将手指伸进对方掩藏起来不愿示人的伤口深处。

"是啊，他对我们日本人有用。他的名字也改成了泽野忠庵。"

通译坐在费雷拉和司祭之间，向两人送出微笑。

"他已经在着手写另一本书，是本驳斥上帝的教义、揭露天主教的谬误与不法之事的书，我记得叫《显伪录》。"

这一次，费雷拉没来得及打断。一瞬间，他把视线转向那些拍打着翅膀的鸡，装作什么都没听见。

"奉行大人也看过书稿，称赞说写得很好。"通译向司祭说，"你在牢房里有空时也不妨看看。"

司祭终于明白刚才费雷拉为什么要慌慌张张地抢着说在编写

天文学的书了。按照井上筑后守的命令，他不得不每天坐在书桌前，把自己毕生信仰的天主教写成不正当的宗教。司祭仿佛看到了费雷拉握笔时佝偻的背影。

"太残忍了。"

"什么事？"

"太残忍了。比任何拷问都残忍，我想不出比这更残忍的做法了。"

司祭看到转过脸的费雷拉眼里突然闪过泪光。穿着日本的黑色和服，栗色头发梳成日本人的发髻，连名字也改为泽野忠庵……而且现在还活着。主啊，你还在沉默，对这样的人生你也固执地保持沉默。

"泽野大人，我们今天带这位神父来这里，并非是为了这样不着边际的闲谈。"

通译回头望向老僧，他如石佛般端坐在夕阳照耀的地板上。

"你看，长老也有很多事，能不能快点说？"

费雷拉似乎已失去了刚才的斗志，司祭觉得这个睫毛上闪着晶莹泪光的男人突然缩小了。

"他们让我……劝你弃教。"费雷拉语带疲惫地低声说，"你看看这个。"

他默默地指了指自己耳后，那里有伤痕，一处褐色的、看似烧伤的疤痕。

"这叫'穴吊'，我也跟你说过吧？把人用草席包起，在手脚都无法动弹的情况下倒吊在洞穴里。"通译张开双手，故意做出害怕的样子，"这样下去很快就会断气，所以在耳朵后面开个洞，让血一点一点滴下来。这是井上大人想出来的刑罚。"

司祭想起大耳的奉行那张气色红润的胖脸。他两手捧着茶碗徐徐喝着热水，自己辩驳的时候，他深表理解地缓缓点头，慢慢浮现微笑。希律王在那个人遭受拷问的时候，正坐在鲜花环绕的餐桌前用餐。

"想想看，到了今天，这个国家的天主教神父只有你一个人了，而你也已经被捕，没法再向百姓传播教义，这不就成了无用之身吗？"

通译眯起眼，声音突然变得温和。

"但就像忠庵大人刚才说的，他在编写天文学、医学方面的书，帮助病人，为别人贡献力量。是要以无用之身在牢房里虚度一生，还是在形式上弃教，从而可以帮助他人呢？这是必须仔细考量的。长老也时常如此教导忠庵大人。仁慈之道，归根结底就是舍弃自我。所谓自我，就是过分拘泥于宗派之别。在为他人奉献这一点上，佛教和天主教并无二致，重要的是能否身体力行。泽野大人在《显伪录》里也是这么写的。"

通译说罢，转过头催促费雷拉说话。

老人穿着和服，单薄的后背沐浴在夕阳中。司祭定定地望着那单薄的背影，徒然地寻找昔日在里斯本的神学院里深受神学生敬爱的费雷拉神父的影子。奇妙的是，他现在没有丝毫轻蔑之意，充塞胸中的全是怜悯，好像看到失去了灵魂的生物。

"二十年，"费雷拉虚弱地垂下眼，低声说道，"我在这个国家传教二十年了。对这个国家，我比你更了解。"

"在那二十年里，您作为耶稣会的教区长，工作一直很突出。"司祭提高了声音，试图鼓励对方，"我们都怀着敬意拜读您寄给耶稣会总部的书信。"

"而在你眼前的，是一个失败的老传教士。"

"传教没有失败。我们死后，还会有新的司祭从澳门乘坐帆船，悄悄在这个国家的某处登陆。"

"他一定会被逮捕的！"通译急忙插嘴，"每次被捕，又有日本人要流血。我要说多少次你们才明白，为你们自私的梦想而死的，是我们日本人。已经到了不用再来打扰我们的时候了！"

"二十年来，我一直在传教。"费雷拉用毫无感情的声音重复道，"我只知道，你我的宗教始终无法在这个国家扎根。"

"不是不能扎根，"司祭摇着头大声吼道，"是根被砍掉了！"

但费雷拉面对司祭的大吼，头也不抬，依旧垂着眼，像个没有意志也没有感情的人偶。

"这个国家是沼泽。终有一天你也会明白的。这个国家是比想象中更可怕的沼泽地。不管什么样的树苗，只要种在这沼泽地里，根就会开始腐烂，叶子就会发黄枯萎。我们在这沼泽地种下了天主教的树苗。"

"那树苗也有过蓬勃生长、枝叶茂盛的时期。"

"什么时候？"

费雷拉第一次直视司祭，瘦削的脸颊泛起淡淡的微笑，像在怜悯一个不谙世事的青年。

"您来到这个国家的时候，这个国家遍布教堂，信仰如早晨的新鲜花朵般芬芳，许多日本人像聚集在约旦河的犹太人一样，争相接受洗礼。"

"但是，如果日本人那时信仰的并不是天主教教义中的上帝……"
费雷拉缓缓说出这句话，脸上残留着怜悯的微笑。

司祭感到一股莫名的怒火从心底涌上来，不由自主地握紧了拳头，拼命告诉自己要理性，不要被这种诡辩骗了。失败的人为了辩解，什么样的自我欺骗都做得出来。

"您连不该否定的都要否定。"

"不是的。这个国家的人们那时信仰的不是我们的神，而是他们的神。我们在漫长的时间里都没有意识到这一点，还以为日本人已成为天主教徒。"费雷拉疲倦地坐到地板上，和服下摆散开，露出骨瘦如柴的脏污赤脚。"我这样说，不是向你辩解或说服你。恐怕没有人会相信这句话。不只是你，在果阿和澳门的传教士们、西欧教会的所有司祭都不会相信。但我在传教二十年后了解了日本人，知道我们种下的树苗在不知不觉间，根部已逐渐腐烂。"

"圣方济各·沙勿略，"司祭再也忍不住了，以手势打断了对方的话，"他在日本期间绝没有这种想法。"

"那位圣人，"费雷拉点了点头，"起初也毫无察觉。但他所宣讲的'Deus'这个词，被日本人随意改成了'大日'的信仰。对于崇拜太阳的日本人来说，'Deus'和'大日'的发音几乎一样。你没读过沙勿略发现那个错误的书信吗？"

"如果沙勿略神父带了个好通译，就不会有这种无聊的误会了。"

"不，你根本没听懂我的话。"

费雷拉反驳道，太阳穴附近第一次显露出神经质的焦躁。

"你什么都不懂。那些从澳门和果阿的修道院来参观这个国家传教情形的人也什么都不理解。将上帝和大日混为一谈的日本人，从那时起就扭曲、改变了我们的神，开始创造出不同的东西。即使用词的混乱消失后，这种扭曲、改变仍在悄然继续。即使在你刚才提到的传教最辉煌的时期，日本人信仰的也不是天主教的神，而是他们扭曲后的东西。"

"将我们的神扭曲、改变，创造出不同的东西……"司祭反复咀嚼着费雷拉的话，"可那不也还是我们的上帝吗？"

"不是。天主教的神在日本人的心中，不知不觉已丧失神的本质。"

"您说什么？"

司祭一声大喝。

在泥土房间安静啄食的鸡拍打着翅膀逃到了角落。

"我要说的很简单，你们只看到了传教的表面，没有考虑本质。的确，在我传教的二十年里，如你所说，在京都、九州、中国地区^①、仙台都建了很多教堂，在有马、安土设了神学院，日本人争相成为信徒。我们曾经拥有过四十万信徒。"

"这一点是值得您骄傲的。"

"骄傲？倘若日本人信仰的是我所教导的神，那是值得骄傲的。然而在这个国家，日本人在我们建立的教堂里祈祷的，并不是天主教的神，而是我们无法理解的、被他们扭曲过的神——如果那是神的话。"费雷拉低下头，想起什么似的动了动嘴唇，"不，那不是神，而是一如落入蛛网的蝴蝶。起初，那确实是蝴蝶，但是第二天，就只有外表还保留着蝴蝶的翅膀和躯干，实际上已成为失去本质的尸骸。我们的神在日本，就跟落入蛛网的蝴蝶一模一样，只有外形和形式上像神，其实已是没有本质的尸骸。"

"那不可能，我不想再听您胡言乱语。虽然我在日本的时间没有您那么久，但我亲眼见过那些殉教者。"司祭用手遮住脸，声音从指缝间传出，"我亲眼看到，他们确实是满怀着信仰而死。"

下着雨的海，浮在海面上的两根黑色木桩的回忆在司祭心头真切地重现。他忘不了独眼男人在正午的阳光下是怎样被杀的，给自己菜瓜的女人被草席裹起沉入海中的景象也一直深深地印在记忆里。如果说他们不是为信仰而死，那是何等的亵渎！费雷拉在说谎。

"他们信仰的不是天主教的神。日本人到今天为止，"费雷拉仿佛在下结论般斩钉截铁地说道，他说得很有自信，一字一句都

---

① 位于日本本州岛西端。

充满力量，"没有上帝的概念，以后也不会有。"

这番话如同难以撼动的岩石，沉沉地压在司祭的胸口。那种震撼程度，就像他儿时第一次得知神的存在一般。

"日本人想象不出与人类截然不同的神，日本人也想象不出超越人类的存在。"

"天主教和教会是超越一切国家和地区的真理，否则我们的传教又有什么意义呢？"

"日本人将经过美化、夸大的人称为神，将与人一样存在的万物称为神，但那不是天主教的神。"

"二十年来，您在这个国家了解到的就是这些？"

"就是这些。"费雷拉落寞地点了点头，"所以对我来说，传教已无意义。我带来的树苗在这名为日本的沼泽地里，不知何时连根都腐烂了。而很长一段时间，我既没有察觉，也不曾知晓。"

费雷拉最后的这番话，蕴含着连司祭也无法怀疑的沉痛和绝望。夕照失去了刚才的热力，暗影开始潜入房间的角落。司祭听到远处单调的敲击木鱼声和僧侣们哀伤的诵经声。

"您，"司祭向费雷拉低语，"已经不是我认识的费雷拉神父了。"

"是的，我已不是费雷拉，我是被奉行赐名为泽野忠庵的男子。"费雷拉垂下眼，"不只是名字，他还将死刑犯的妻子和孩子也一并赐给我。"

亥时，司祭坐上轿子，在官差和看守的陪同下踏上归途。夜色已深，行人绝迹，不用担心轿中人被看到。官差允许司祭掀开帘子。如果想逃的话或许可以逃，但司祭已经提不起这股劲儿了。路狭窄曲折，在看守说是内町的地方，还有许多木板屋顶、形似窝棚的民房挨挨挤挤，出了内町，只有寺庙的长围墙和杂树林不时映入眼帘，可见长崎还没有形成一个成熟的市镇。月亮挂在黑暗的树梢上，仿佛随着轿子一路西行。那月色看来很是凄厉。

"心情舒畅些了吗？"

跟着轿子步行的官差关切地问。

到了牢房，司祭向官差和看守客气地道谢后，走进铺地板房间。背后传来看守一如往常上锁的沉闷声音。感觉已经离开这里很久了，杂树林里斑鸠不时的鸣叫也久未听闻了。今天一天是如此漫长和痛苦，抵得过在牢房里的十天。

终于见到费雷拉这件事并未令司祭震惊。如今想来，来到日本以后，他也曾想象过那位老人面目全非的模样。当憔悴的费雷拉穿着和服，步履蹒跚地从走廊另一头出现时，自己的内心并没有那么震撼和惊愕。那些事现在都无所谓了，无所谓了。

（但他说的有几分是真的？）

司祭面向木板墙端坐着，从格子窗透进来的月光照在他瘦削的背上。费雷拉难道不是为自己的软弱和过错辩解才说出那种话吗？对，一定是那样，他在心里这样告诉自己。但同时也感到不安，或许费雷拉说的话是真的。费雷拉说，日本是深不见底的沼泽地，树苗在这里根会腐烂枯萎。天主教这棵树苗也在无人察觉的情况下，在这片沼泽地里枯萎了。

"天主教之所以灭亡，并非如你所想的那样，是因为遭到禁止或迫害。而是因为这个国家存在某种特质，无论如何都无法接受天主教。"

费雷拉的话，一字一句如针般刺入司祭耳中。你们信仰的上帝，在这个国家犹如悬挂在蛛网上的蝴蝶尸骸，徒留外形，却失去了血和本质。只有说这些话的时候，费雷拉的眼里才闪着热切的光亮。不知为何，他的表情让人感受到一种真实感，不像是失败者的自我欺骗。

院子里隐约传来看守小解后的脚步声。那声音消失后，黑暗中只听得到金龟子嘶哑的长鸣。

（不可能，那是不可能的！）

司祭当然没有任何传教经验足以否定费雷拉的话。但如果不否定，就失去了自己来这个国家的一切意义。他用头咚咚撞着墙，不住地喃喃自语：不可能的，那是不可能的。

那是不可能的。人不可能为了虚假的信仰牺牲自己。他亲眼看到的那些农民、那些贫苦的殉教者，如果他们不相信救赎，怎么会如石头般沉入细雨蒙蒙的海中呢？无论从哪个角度看，他们都是坚定的信徒。那信仰尽管朴素，但灌输这种信念的不是日本的官差或佛教，而是教会。

司祭想起了费雷拉那时的悲伤。费雷拉一次也没有提及日本贫苦的殉教者，甚至有意回避了这一点。他想要无视那些比自己更坚强的人，那些经受得住拷问和倒吊的人，因为他希望多一个跟他一样软弱的人，希望有人来分担他的孤独和软弱。

黑暗中，司祭在想，今晚，此刻，费雷拉睡着了吗？不，他一定还没睡。那位老人现在应该和自己一样，在这个城市的某处，在黑暗中睁大了眼睛，咀嚼着深刻的孤独。那孤独比自己在牢房里不得不体会到的寂寞还要冰冷、可怕得多。他不仅背叛了自我，为了在自己的软弱上再添软弱，还企图把别人也拖下水。主啊，你不拯救他吗？你对犹大说，去吧！你所作的快作吧！你要把这个人也归入你要抛弃的人群吗？

将费雷拉的孤独和自己的寂寞这样比较后，他的自尊心才得到了满足，露出了微笑，然后躺在坚硬的地板上，静静等待睡意袭来。

VIII

翌日，通译再次来访。

"怎么样？考虑过了吗？"

这一次，他不再是往常那种猫作弄猎物的语气，表情也很严肃。

"就像泽野说的，不要再徒劳地固执下去了。我们并不要求你真心弃教，只是形式上，形式上宣称弃教就行了。之后一切悉听尊便。"

司祭凝视着墙壁上的一点，依旧保持沉默。通译的饶舌与其说令他厌烦，毋宁说毫无意义，他只当耳边风。

"喂，不要再给我添麻烦了，我是诚心拜托你的。老实说，我也不好受。"

"为什么不将我穴吊呢？"

"奉行大人常说，如果能够用道理说服对方，就尽量讲道理。"

司祭双手放在膝盖上，像孩子似的摇摇头。通译深深叹了口气，沉默良久。一只苍蝇嗡嗡地飞来飞去。

"是吗……那就没办法了。"

司祭坐着没动，耳边传来沉闷的上锁声。从那沉闷的声音中，他清楚地意识到，一切劝诫都在这一瞬间结束了。

他不知道自己能忍耐多久的拷问，但衰弱的身心不知怎的，对在山中流浪时曾经那么恐惧的拷问也不再有现实感。他已经对一切都感到倦怠，甚至觉得死亡早日到来，才是从持续的痛苦紧张之中逃离的唯一途径。现在他连对活着、对关于神和信仰的烦恼都感到厌倦。他暗暗期盼身心的疲惫能让自己早点死去。恍如幻觉般，眼前浮现渐渐沉入海中的加尔佩的脑袋。他羡慕那位同事，羡慕早已从这种痛苦中解脱的加尔佩。

不出所料，第二天早饭没送来。临近中午，门开了。

"出来！"

一个从未见过的大汉裸着上半身，朝他扬了扬下巴。

一走出房间，大汉立刻将司祭双手绑到背后。绳子深深勒进手腕，只要身体稍微动一下，就会忍不住从咬紧的牙关中发出呻吟。绑绳子的过程中，大汉不停地用司祭听不懂的话辱骂他。司祭内心掠过一种感觉，终于一切都要结束了。奇妙的是，这是从未体验过的清冽新鲜的兴奋。

他被拖到了外面。洒满阳光的院子里，三名官差、四名看守还有那名通译站成一排，注视着这边。司祭向着他们——尤其是通译——露出骄傲的微笑，司祭同时不由得想到，人无论面临何种事态，都摆脱不了虚荣心。他很高兴现在的自己还有心情注意到这种事。

大汉轻松抱起司祭，让他跨上无鞍的马背。说是马，更像寒酸瘦弱的驴子。马晃晃悠悠地往前走，官差、看守和通译徒步跟在后面。

路上已聚集了许多人，正等待司祭这一行人，司祭从马上微笑着俯视他们。老人惊讶地张着嘴，孩子在啃着瓜，女人们傻笑着抬头看他，但视线接触时，又突然害怕地往后退。阳光在那些日本人脸上投下各种各样的影子。有块褐色的东西飞到他耳边，不知是谁扔了马粪过来。

司祭下定决心不让微笑从嘴角消失。自己现在骑着驴走过长崎的街道，那个人也是骑着驴进入耶路撒冷的街道。正是那个人告诉他，能够欣然忍受羞辱和轻蔑的表情，是人类的表情中最高贵的。他希望将这样的表情保持到最后一刻。司祭认为这样的表情，就是天主教徒应有的表情。

一群明显表现出敌意的僧侣聚在大樟树的树荫下，在司祭的驴子快到跟前时，挥舞着棍子作势恐吓。司祭偷偷在两侧的人群中寻找看似天主教徒的面孔，然而这是徒劳的。每个人的脸上不是敌意、憎恨就是好奇，因此，当陡然遇到像狗一样乞求怜悯的眼神时，司祭不由得扭过身体。是吉次郎！

衣衫褴褛的吉次郎站在前排等着他们一行。与司祭视线交会后，他慌忙垂下眼，迅速躲进人群中。但司祭骑在摇摇晃晃的驴子上，知道那男人一直跟在后面。在这些外国人当中，他是司祭唯一认识的人。

（好了，好了，我已经不生气了。主应该也不生气了吧。）

司祭向吉次郎点点头，仿佛在聆听告解后安慰信徒。

根据记载，当天一行人带着司祭从博多町出发，经过胜山町、五岛町。这是奉行所的惯例，被捕的传教士在处以死刑的前一天，要在长崎市内游街示众。一行人经过的都是唤作长崎内町的旧街区，住家很多，熙来攘往。通常在游街示众的翌日就行刑。

大村纯忠首次开放长崎港时，五岛町是五岛移民聚居的区域，从这里可以望见午后阳光闪耀的长崎湾。跟着队伍来到这里的人群，像参加祭典似的推推挤挤，争着看无鞍马上被绑着的奇怪洋人。每当司祭扭动不便的身体时，嘲笑声就更加响亮了。

司祭努力想挤出微笑，但脸已经僵硬。现在他唯有闭上眼，尽量不去看那些嘲笑自己的龇牙咧嘴的面孔。从前，当听到包围彼拉多宅邸的人群的叫喊和怒吼时，那个人还会温柔地微笑吗？他觉得连那个人也做不到。"Hoc Passionis tempore...（在这受难时刻……）"司祭的嘴唇磕磕绊绊地发出祈祷的话语，但停了好一会儿。"Reisque dele crimna.（宽恕罪人。）"他好不容易说出下一句。虽然他已习惯了每次活动身体时，绳子深深勒进手腕的痛楚，但他还是感到痛苦，因为他无法像那个人一样去爱这些朝自己叫嚷的人。

"神父，怎么样？没有人来救你吧？"

通译不知何时到了马旁，抬头看着他问道。

"在你的左右，全是嘲笑你的声音。听说你是为了他们才来到这个国家的，但是没有一个人需要你，你就是个无用的人。"

"在那人群当中，"坐在无鞍马上的司祭第一次用布满血丝的眼睛瞪着通译，大声回答，"也会有人在默默祈祷！"

"都到这地步了，你还嘴硬什么？你听好，长崎这里过去有十一座教堂、两万信徒，现在都销声匿迹了。那些人当中或许有人曾经是信徒，但现在却借着大声辱骂你向周围的人表明，自己不是天主教徒。"

"不论怎样侮辱我，只会给予我勇气……"

"今天晚上，"通译笑着用手掌拍了拍无鞍马的肚腹，"听好了，今天晚上你就会弃教。井上大人很确定地这么说。到今天为止，井上大人要神父们弃教的时候，只要这样说了，就从未失手。泽野那时候是这样，而你也……"

通译充满自信地紧握双手，悠然离开司祭。"泽野那时候是这样……"只有最后这句话清晰地留在司祭耳边。无鞍马上的司祭身体一震，想把这句话赶出脑海。

午后阳光照耀的海湾前方，一大块镶着金边的积雨云涌上来。不知怎的，云犹如空中的宫殿一样洁白、巨大。司祭过去曾无数次眺望积雨云，却从未有过现在这样的心情。他开始理解日本信徒们从前唱的那首歌是多么美妙。"去吧，去吧，去天国的教堂吧！天国的教堂，遥远的教堂……"那个人也同样体验过此刻令自己颤抖的这种恐惧，这一事实对现在的他来说，是无可替代的精神支柱，他甚至有种"不只是自己如此"的喜悦。那两个被绑在木桩上的日本百姓，在这片海中遭受了整整一天同样的痛苦后，到"遥远的天国教堂"去了。自己与加尔佩、与他们将会紧密相连，更会与十字架上的那个人结为一体，这种欢喜陡然间让司祭的心剧烈地疼痛起来。这时，那个人的面容以前所未有的鲜明形象向他靠近。受难的基督，忍耐的基督。他衷心祈祷自己的脸能接近那张脸。

官差们扬起鞭子，把部分人群驱到两旁。如苍蝇般聚集起来的人们温顺地沉默着，以不安的眼神目送一行人踏上归途。一天总算结束了，薄暮的阳光下，坡道左侧红色大寺院的屋顶闪闪发光，城郊的山峦显得格外清晰。这时又有马粪和小石子飞来，砸在司祭的脸上。

通译走在马旁，告诫似的反复说道：

"喂，我不会坑你的。只要说一句'弃教'就行，拜托了。这匹马不会再回到你的牢房了。"

"你们要带我去哪里？"

"奉行所。我不想让你受苦，拜托了，我不会坑你的，就说一句'弃教'，好吗？"

司祭咬着嘴唇，坐在无鞍马上沉默不语，血顺着脸颊流到下巴。通译低下头，一只手放在马腹上，继续落寞地前行。

被人从背后一推，司祭踏进漆黑的囚室，突然，一股恶臭扑鼻而来，是尿骚味。地板完全被尿液浸湿了，他一动不动地待了一会儿，直到把想吐的感觉压下来。过了一会儿，在黑暗中能分辨出墙壁和地板了，他手扶着墙壁，刚往前走，立刻就撞到了另一堵墙。司祭张开双手，指尖同时碰到两侧的墙壁，由此他知道了这个囚室的大小。

侧耳倾听，却听不到说话的声音，他看不出这是奉行所的什么地方。不过四下寂静无声，附近应该没有人。墙壁是木质的，当他往上摸时，指尖感觉到有很深的缝隙，起初他以为是木材之间的接缝，但又觉得不是，倒像是某种花纹。再仔细摸索，才渐渐明白那是字母"L"，紧接着是"A"。LAUDATE EUM.（主啊，赞美你）。司祭像盲人一样用手掌抚摩四周，但除了这行字以外，再也摸不到任何东西。想来是某位被关进这里的传教士，为了鼓励以后来的人，用拉丁语在墙上刻了字。可以肯定的是，那位传教士在被关押期间坚守信仰，绝没有弃教。这令黑暗中孤身一人的司祭突然感动得想哭。他感到自己在某种形式上得到了守护，直到生命最后一刻。

不知道现在是夜里几点了。游街示众后就被带到了奉行所，接下来很长一段时间里，陌生官差和通译重复问着老问题：从哪里来的？属于什么修会？澳门有多少传教士？但他们已经不再劝说他弃教，连通译也和之前判若两人，面无表情，一副例行公事的面孔翻译着官差的话，另一名官差在一张大纸上做记录。这种拙劣的讯问结束后，他就被带到了这里。

将脸贴在刻着 LAUDATE EUM 的墙上，他一如既往地在心里描绘那个人的面容。就像青年在遥远的旅途中会想象好友的脸孔，司祭很早以前就有在孤独的瞬间想象基督面容的习惯。但自从被捕后，尤其是在夜晚的牢房里，听得到杂树林的树叶沙沙作响，出于另一种欲望，那个人的脸深深地烙印在他的眼底。黑暗中，那张脸孔现在也近在眼前，虽然沉默不语，却用温柔的眼神注视着他，仿佛在对他说："当你痛苦的时候，我也在旁边痛苦。我会永远与你同在。"

想到这张脸的时候，司祭也想起了加尔佩。（很快就能再次和加尔佩在一起了。）追赶着小船沉入海中的那黑色脑袋，时常在夜晚入梦，每次梦见，他都觉得背弃了信徒的自己可耻至极。有时他忍受不了那种羞耻，就尽量不去想加尔佩。

远处传来什么声音，像是两只狗在争斗的低吼声，侧耳倾听，那声音很快消失了，隔了一会儿又响起，持续了很久。司祭忍不住低声笑了，因为他听出那是鼾声。

（原来是看守喝了酒在酣睡。）

鼾声持续了一阵又停了，时高时低，听来就像怪腔怪调的笛声。自己在这黑暗的囚室中体味着临死前的揪心之情时，另一个人却在安闲地打鼾。不知怎的，他感到滑稽极了。人生为何会有如此荒谬的事呢？他又小声笑了。

（通译断定我今晚会弃教，如果他知道我内心的从容呢？）

想到这里，司祭将头稍稍离开墙壁，脸上不自禁地露出微笑。他仿佛看到了打鼾的看守那张无忧无虑的脸。

"从那鼾声来看，即使在梦中，他都不担心我会逃跑。"

司祭如今丝毫没有逃跑的打算，只是为了排遣一下心情，他用双手推了推门。门从外面牢牢闩住，纹丝不动。

理智上，他知道死亡就在眼前，奇怪的是，感情上却没有同样的感受。

不，死亡还是迫近了。鼾声一停，夜晚可怕的静寂便包围着司祭。夜的静寂并非悄无声息，黑暗就像掠过树林的风，将死亡的恐惧突然带到了司祭的心头。"啊！啊！"他紧握双手，大声叫喊，恐惧如退潮般消失，然后再次涌来。他拼命向主祈祷，但断断续续掠过心头的，却是"汗珠如血点滴落"的那个人扭曲的脸庞。那个人和自己一样体验过死亡的恐惧，这个事实现在也安慰不了他了。司祭伸手擦了擦额头，为了分散注意力，在狭小的囚室里踱来踱去。他不能安静地待着，必须活动活动。

终于，他听到远处有人声。即使那是来拷问自己的狱吏，也胜过这刀锋般冰冷的黑暗。司祭急忙将耳朵贴到门上，希望能听清楚那声音，哪怕只有只言片语。

那声音像是在骂谁，骂声中还夹杂着另一个哀求的声音。他们先是在远处争论，然后向这边走来。司祭听着那声音，不禁忽然想到了一件毫不相干的事：黑暗之所以让人害怕，是因为我们还保留着原始人在没有光的时候那种本能的恐惧——就是这样荒谬的念头。

"别说了，快走！"一个男人呵斥对方，"不要不识好歹。"

挨骂的男人带着哭腔喊道："我是天主教徒，让我见神父！"

那声音很耳熟，是吉次郎的声音。"让我见神父吧！"

"吵死了！再这样我要揍人了！""你打吧！打吧！"声音像绳子般纠缠在一起，另一个男人也加入进来。"是什么人？""好像是个脑筋有问题的人，昨天就到这里来乞讨，还说自己是天主教徒。"

接着，吉次郎的声音突然响亮起来。

"神父，请原谅我！从那以后我就一直跟着，想求神父做告解圣礼。请原谅我吧！"

"你胡说什么？不要不识好歹！"

吉次郎挨了狱吏的揍，传来似乎是树木折断了的声音。

"神父，原谅我！"

司祭闭上眼，口中念诵告解圣礼的祷告词，舌尖还残留着苦涩的味道。

"我天生就很软弱吧。心灵软弱的人，连殉教也做不到。我该怎么办才好呢？啊，我为什么要生在这种世道？"

声音如同消逝的风般中断，远去了。回到五岛时，在信徒之中很受欢迎的吉次郎的身影陡然浮现在司祭眼前。如果不是生在这受迫害的时代，那男人无疑终其一生都会是个开朗、诙谐的天主教徒。"这种世道……这种世道……"司祭用手指塞住耳朵，忍受着那像狗在哀叫的声音。

刚才他替吉次郎做了请求宽恕的祈祷，但他觉得那祈祷并非发自内心。那是出于司祭的义务而念诵的，所以就像苦涩的食物残渣一样留在舌尖上。尽管对吉次郎的怨恨已经消失，但那个男人为了出卖他而给他吃的鱼干的味道，还有喉咙干渴如灼烧的记忆，仍然刻骨铭心。虽然不再愤怒和憎恨，轻蔑的心情到底挥之不去。司祭又咀嚼起基督对犹大说的那句轻蔑的话。

从前每次读圣经，他都对这句话很在意，觉得无法理解。不只是这句话，犹大在那个人的人生中所扮演的角色，他其实也不太明白。为什么那个人要把终究会背叛自己的人收为门徒？既然完全了解犹大的真实意图，为什么长时间佯装不知？犹大简直就像傀儡一样，为了让那个人被钉死在十字架上而存在。

而且……而且，倘若那个人就代表了爱，为何最后会抛弃犹大，任由他在血田吊死，永远沉沦在黑暗之中呢？

这些疑问无论是在神学院的时候，还是在成为司祭以后，都如沼泽里冒出的污浊水泡般浮现在他的意识里。每次他都不愿去想，仿佛那水泡会给他的信仰投下阴影，然而现在，已经有种无法赶出脑海的迫切感在逼近了。

司祭摇摇头，叹了口气。最后裁决的时刻即将到来。人不可能完全理解圣经中的奥秘，但司祭还是想知道，想知道得一清二楚。"今晚你就会弃教。"通译颇具信心地说。就像那个人对彼得说的话："今夜鸡叫以先，你要三次不认我。"① 黎明尚远，未到鸡鸣时分。

啊，鼾声又响起来了，就像风车在风中旋转。司祭在被尿浸湿的地板上坐下，傻子似的笑了。人是多么奇妙的生物啊。那发出时高时低愚蠢鼾声的无知者，因为感受不到死亡的恐怖，才会睡得像猪一样香，张大嘴巴打着鼾。他仿佛看到了酣睡的看守的脸。那是一张吃得很好、十分健康的胖乎乎的酒糟脸，却唯独对牺牲者异常残忍。不是贵族式的残忍，而是人对家畜和动物的残忍。那看守无疑具有这种残忍。他在葡萄牙的乡下也经常见到这种人。这个看守不会考虑自己要做的事会给别人带来怎样的痛苦。就是这种人杀害了那个人，那个具备了人类梦想中最美好、最善良品质的人。

然而，自己人生中最重要的这个夜晚，夹杂着如此俗不可耐的不和谐音符，让他突然感到愤怒。司祭甚至觉得自己的人生遭到了愚弄，他笑不出来了，开始用拳头捶打墙壁。看守并没有醒来，就像客西马尼园里呼呼大睡的那些门徒，对那个人的苦恼毫不关心。司祭捶打得更激烈了。

① 出自《圣经·马太福音》第二十六章。

卸下门闩的声音响起，有人从远处疾步而来。

"怎么了？怎么了？神父。"

是通译。他的声音就像猫在逗弄猎物。

"很可怕吧。好了好了，不要再逞强了。只要说一声弃教，一切都会轻松了。紧绷的心情可以松弛下来，变得很轻松……很轻松……很轻松……"

"我只是讨厌那鼾声。"司祭在黑暗中回答。

突然，通译惊讶地沉默了。

"你说那是鼾声？那是……泽野大人，你听到了吗？神父说那是鼾声。"

司祭不知道费雷拉站在通译后面。

"泽野大人，你来告诉他吧。"

司祭听到了费雷拉的声音，那个很久以前他每天都能听到的声音，低微而哀伤。

"那不是鼾声。那是信徒们被处以穴吊的呻吟声。"

费雷拉就像头老迈的野兽，一动不动地蹲着。通译则把耳朵贴在紧插着门闩的门上，偷听里面的动静。过了许久，确定再等下去也不会听到任何声音后，才以不安而嘶哑的声音说：

"不会是死了吧？"他啧了一声，"不不，天主教是不允许教徒亲手结束上帝赐予的生命的。泽野大人，接下来就是你的工作了。"

通译转过身，脚步声在黑暗中响起，逐渐远去。那脚步声完全消失后，费雷拉依旧默然不语，蹲在地上一动不动。他的身体如同幽灵般浮现，看上去单薄如纸，瘦小如孩童，似乎一只手掌就能握住。

"喂！"他把嘴贴在门上，"喂，你在听吗？"

没有回答，于是费雷拉又重复了一遍。

"在那面墙上……应该有我刻的字。LAUDATE EUM.（主啊，赞美你。）如果没消失的话，是在右边墙上……对，正中央，你摸摸看？"

但里面毫无反应。关押司祭的囚室里，似乎沉淀着冲不破的黑暗。

"我和你一样，在这里。"费雷拉一字一顿地说，"我和你一样被关在这里，那一夜比任何一个夜晚都寒冷、黑暗。"

司祭将头用力抵在墙板上，茫然地听着老人袒露心声。即使老人不说，那一夜是多么黑暗，他也已明白得不能再明白了。但更重要的是，他不能经受不住费雷拉的诱惑。费雷拉强调自己和他同样被关在这黑暗中，试图引起共鸣。

"我也听到了那声音，被处以穴吊的人的呻吟声。"

话音刚落，好像打鼾似的声音又传到耳边，时高时低。不，那不是鼾声，而是被倒吊在洞穴里的人筋疲力尽、气息奄奄的呻吟声。司祭如今也明白了。

当自己蹲在这黑暗中的时候，有人口鼻流血，呻吟不止。而自己没有察觉，也没有祈祷，反而还在笑。想到这里，司祭的脑袋已经昏昏沉沉。自己还觉得那声音很滑稽，甚至笑出声来，傲慢地相信在这夜晚只有自己和那个人一样在受苦。然而就在身边，有人因为那个人正忍受着远比自己更深的苦痛。(怎么会这么蠢?)司祭的脑海里，另一个声音在不断低语。(你还是司祭吗? 还是承担他人痛苦的司祭吗?)主啊，为什么到这一刻你还要捉弄我呢? 他很想大叫。

"LAUDATE EUM.（主啊，赞美你。）我把这句话刻在墙上了。"费雷拉重复道，"找不到那些字吗? 找找看。"

"我知道! "怒气冲冲的司祭第一次吼了起来，"不要再说了，您没有说这话的权利。"

"没有权利? 我确实没有权利。那声音听了一晚上，我已经无法赞美主了。我弃教，并不是因为遭受穴吊。整整三天……我被倒吊在塞满秽物的洞穴里，但一句背叛神的话都没说。"费雷拉咆哮着，"我之所以弃教，你听着，你听清楚了! 是因为后来我被关在这里，听到那呻吟声，神却没有任何表示。我拼命向神祈祷，神却什么都没做。"

"闭嘴! "

"那么，你就祈祷吧! 那些信徒正在经历你无法想象的难以忍受的痛苦，从昨天开始，刚才也在，现在也在。为什么他们要遭受这样的痛苦? 而你什么都没做，神也什么都没做，不是吗? "

司祭疯狂摇头，将手指塞入耳中，然而费雷拉的声音、信徒们的呻吟声还是毫不留情地传了进来。够了！够了！主啊，你现在应该打破沉默，你已经不能再沉默了。为了证明你是正的，是善的，是爱的存在，为了向世人彰显你是庄严的，你必须说些什么了。

就像鸟的翅膀掠过桅杆，巨大的阴影掠过他的心头。鸟的翅膀带来了几段回忆,关于信徒们各种各样的死亡。那时神也沉默着。在细雨蒙蒙的海上，神也沉默着。独眼男人在阳光炽热的院子里被杀时，神也没有说话。但那时他还可以忍受。说是忍受，其实是把这可怕的疑问尽量推远，不想去正视。然而现在不一样了，这呻吟的声音在诉说着：为什么你还在沉默？

"在这个院子里，"费雷拉悲伤地低声说，"现在有三个可怜的百姓被倒吊着。他们都是在你来到这里后被吊起来的。"

老人并未说谎。凝神细听，原本以为只是一个人的呻吟声突然变得各不相同。不是一个声音时高时低，而是低的声音和高的声音交织在一起，从不同的方向传来。

"我在这里度过的那晚，有五个人被穴吊。五个声音在风中交缠，传到我耳边。官差对我说，只要你弃教，就立刻把那些人从洞里拉上来，解开绳索，敷上药。我回答，他们为什么不弃教？官差笑着告诉我，他们已经说了好几次要弃教，但只要你不弃教，那些百姓就不能得救。"

"您……"司祭带着哭腔说，"应该祈祷的！"

"我祈祷了，我不停地祈祷。但是祈祷并不能减轻那些男人的痛苦，他们耳朵后面开了小洞，血从那个小洞、鼻子、嘴巴一点点流出来。那种痛苦我亲身经历过，所以我知道。祈祷并不能减轻痛苦。"

司祭还记得，清楚地记得，在西胜寺第一次见到费雷拉时，弗雷拉的耳后有处像烧伤的疤痕。现在，连疤痕的褐色也浮现在眼前。为了驱走那画面，他不停地用头撞墙。

"那些人将不再受人间苦难，获得永恒的喜悦。"

"不要欺骗自己了。"费雷拉静静地回答，"你不能用美丽的词语来掩饰自己的软弱。"

"我的软弱？"司祭摇摇头，"不，我相信那些人会得救。"但他没有把握。

"你把自己看得比他们更重要，至少把自己的救赎看得更重要。只要你说弃教，那些人就会被带出洞穴，从痛苦中得救。尽管如此，你还是不愿弃教，因为你害怕为了他们背叛教会，害怕像我这样成为教会的污点。"费雷拉愤怒地一口气说到这里，声音渐渐转弱，"我也是这样。那个冰冷黑暗的夜晚，我也和现在的你一样。但那是爱的行为吗？都说司祭应当效法基督而活，如果基督在这里——"

费雷拉沉默了一瞬间，随即坚定有力地说道：

"基督一定会为了他们弃教的！"

天色逐渐泛白，这黑沉沉的囚室中也开始照进熹微的白光。

"基督一定会为了人们弃教的！"

"没那回事！"司祭以手掩面，从指缝间发出嘶喊般的声音，"没那回事！"

"基督会弃教的。为了爱，即使牺牲自己的一切。"

"不要再折磨我了！去吧，去得远远的！"

司祭大声哭泣。门闩发出一声闷响，掉在地上，门开了。白色的晨光从打开的门泻入。

"来吧。"费雷拉温柔地把手搭在司祭的肩上，"去做至今没有人做过的最痛苦的爱的行为。"

司祭蹒跚地拖着脚步。他就像被戴上了沉重的铅制脚镣，一步一步地走着。费雷拉从后面推着他。清晨的微光中，他行进的走廊笔直地向前延伸，在走廊的尽头站着两名官差和通译，如同三个黑色的人偶。

"泽野大人，结束了吗？可以准备让他踩圣像了吧？事后再向奉行大人报告就是了。"

通译将怀里的箱子放到地板上，打开盖子，从里面取出一块大木板。

"你要去做至今没有人做过的最深厚的爱的行为……"费雷拉再次在司祭耳边温柔地低语，"教会的神职人员会审判你，就像审判我一样，你也会被他们逐出教会。但是比起教会、传教，还有更重要的事。你现在要做的是……"

现在，圣像就在他的脚边。有着细微波浪般的纹理，显得有点脏的灰色木板上，镶嵌着粗糙的铜版。那是张开瘦弱的手臂，头戴荆棘冠冕的基督模糊不清的脸孔。司祭沉默地低着头，用黄浊的眼睛看着来到这个国家之后第一次见到的那个人的脸。

"来吧，"费雷拉说，"拿出勇气。"

主啊，很长很长的时间里，我无数次描摹你的面容。尤其是来到日本后，我想过数十次。藏身于友义村山中的时候，乘小船渡海的时候，在山中流浪的时候，囚禁在那间牢房的夜晚。每次祷告时，就会想起你聆听祷告的脸孔；孤独时，就会想起你祝福的脸孔；在我被捕那天，想起你背负十字架的脸孔。那张脸孔深深烙印在我的灵魂上，成为这世上最美丽、最高贵的东西，活在我的心中。现在，我却要用脚践踏那面容。

黎明的曙光出现了。阳光照在司祭鸡一样细瘦的脖子上，照在他锁骨突出的肩膀上。司祭双手捧起圣像靠近脸。他想把自己的脸贴在那被许多人的脚践踏过的脸孔上。铜版上的那个人，因为被许多人踏过，已磨损、凹陷，正以悲伤的眼神注视着司祭。他的眼里似乎有一滴眼泪将要滑落。

"啊，"司祭颤抖着，"好痛。"

"只是形式罢了。形式不是无关紧要的吗？"通译兴奋地催促着，"形式上踩踏一下就行了。"

司祭抬起脚，感到脚隐隐作痛。那并不只是形式。现在他要踏下去的，是他一生中认为最美丽的东西、最圣洁的东西，是充满人类理想和梦想的东西。这只脚好痛。这时，铜版上的那个人对司祭说：踏吧！我最清楚你脚上的疼痛。踏吧！我是为了让你们践踏而来到这个世界的，为了分担你们的痛苦而背负十字架的。

就这样，司祭将脚踏上圣像时，黎明来临，远处传来鸡鸣。

IX

这年夏天，雨水稀少。

傍晚，海上风平浪静，整个长崎热得像蒸笼。薄暮时分，海湾反射的阳光令人更觉溽热难当。牛车载着稻草包从街道进入内町，车轮闪闪发亮，白色尘土飞扬。这时候去哪里都能闻到牛粪的臭味。

中旬，家家户户屋檐下都挂起了灯笼，大商家挂的则是画有花、鸟和昆虫图案的多角灯笼。天还没黑，性急的孩子们已经排好队唱起歌来。

> 灯笼呀，是灯笼，扔石头，手会烂
> 灯笼呀，是灯笼，扔石头，手会烂

他靠在窗前，哼着那首歌。虽然不懂孩子们唱的歌词的意思，但总觉得旋律带着几分哀伤，不知道是歌曲本身如此还是听者的心情所致。对面人家的垂发女子在铺着茅草的架子上供奉桃子、枣子和豆子。那架子叫"盆架"，这是日本人为迎接十五日晚上返家的祖先灵魂举行的仪式之一，对现在的他来说已不稀奇。他不觉想起自己查过费雷拉送的日葡词典，里面将"盂兰盆节"翻译为"het-sterffest"。

排成队嬉闹的孩子们看到他靠在格子窗前，纷纷喊着"弃教的保罗"，还有人想扔石子。

"坏孩子！"

垂发女子转过身训斥，孩子们都逃走了。他落寞地微笑着目送他们。

司祭忽然想到了天主教的万圣节。万圣节就像天主教的盂兰盆节，到了晚上，里斯本家家户户都会在窗口点亮蜡烛，跟这个国家的盂兰盆节很相似。

他住在外浦町。长崎有许多细窄的坡道，这里的道路也是这样，两侧房屋层层叠叠。后面紧挨着桶屋町，住的都是桶匠，终日传来干木槌的咚咚声。对面则是染匠的街区，天气晴朗的日子里，蓝色的布匹像旗子般随风飘扬。家家户户都是木板屋顶或茅草屋顶，鲜有丸山附近繁华街区商家那样的瓦屋顶。

没有奉行所的许可，他不能自由外出，闲暇时唯一的消遣就是靠在窗前眺望来往的行人。早上，头上顶着蔬菜篮的女人们从这里进城。中午，系着一条兜裆布的男人们用瘦马驮着货物，大声唱着歌经过。傍晚，和尚们摇着铃走下斜坡。他目不转睛地注视着日本的一幕幕风景，似乎有一天要描述给故国的某个人，但当蓦然意识到再也回不去时，消瘦的脸颊上就慢慢浮现出无奈的苦笑。

这种时候，"那又怎样"的自暴自弃的情绪就会涌上心头。不知道澳门、果阿的传教士们是否已知道他弃教的事，但通过居留在长崎的荷兰商人们，事情的经过想必已传到澳门，他可能已经被驱逐出教会。

不仅被驱逐出教会，作为司祭的一切权利也可能已被剥夺，被神职人员视为可耻的污点。但，那又怎样？那又如何？能评判我的心的，只有主，而不是那些人。他紧咬着嘴唇，摇摇头。

然而有时在深夜里，那想象会让他突然惊醒，以锋利的指甲将他的心抓得血肉模糊。然后，他会忍不住呻吟着从床上跳起来。教会审判的情形就像《默示录》里最后的审判般逼近眼前。

（你们知道什么。）

澳门传教士的欧洲上司们！他在黑暗中向那些人抗辩。你们在平安无事的地方，在迫害和拷问的风暴肆虐不到的地方安逸地生活和传教。你们在彼岸，所以会作为优秀的神职人员受到尊敬。将军们将士兵送往惨烈的战场，自己却在营帐里烤火，这些将军怎么能指责成为俘虏的士兵呢？

（不，这是辩解。我在欺骗自己。）

司祭无力地摇了摇头。

（为什么时至今日，还要作卑劣的抗辩？）

我弃教了。可是主啊，只有你知道我并没有弃教。那些神职人员会问我：为什么弃教？是因为穴吊的刑罚很可怕吗？是的。是因为不忍心听那些遭受穴吊的百姓的呻吟声吗？是的。是因为相信了费雷拉的诱惑，认为只要自己弃教，那些可怜的百姓就会得救吗？是的。但说不定，只是拿爱的行为当借口，把自己的软弱正当化了。

所有这些，我都承认。我已不再掩饰自己的一切软弱。那个吉次郎和我有何不同呢？但更重要的是，我知道神职人员在教堂宣讲的神和我的主是不一样的。

践踏圣像的记忆依旧烙印在司祭的脑海。通译在他脚边放了一块木板，木板上镶嵌着铜版，铜版上刻着日本工匠制作的那个人的脸庞。

那跟司祭以前在葡萄牙、罗马、果阿、澳门看过不下数百次的基督的容貌全然不同。那不是拥有威严和荣耀的基督的脸，也不是忍受着痛苦的美丽的脸，更不是拒绝诱惑、充满坚强意志的脸。在他脚下的那个人的脸，枯瘦憔悴、疲惫不堪。

因为被许多日本人踩踏过，铜版周围的木板上留下了脚拇指黑黑的痕迹，而那张面孔也被踩得凹陷、模糊。那张凹下去的脸悲哀地仰望着司祭，那双眼睛悲哀地望着他，仿佛在诉说：踏吧！踏吧！我就是为了让你们践踏而存在的。

乙名和町内的组头每天监视着他。所谓乙名是町代表。每月一次，他换上衣服，由乙名带着去奉行所。

有时奉行所的官差也会让乙名传他过去。在奉行所的一个房间里，官差们拿出他们无法鉴别的物品给他检查，他的工作就是告诉官差们这是不是天主教的东西。从澳门来的外国人的物品里，有各式各样稀奇古怪的东西，只有费雷拉和他能够区分这些是否属于天主教的违禁品。工作结束后，奉行所会赏赐点心或金钱作为慰劳。

每次去本博多町的奉行所，那名通译和官差们都很殷勤地接待，从未羞辱他或把他当罪人对待。通译好像已完全不记得他的过去，他也微笑着，仿佛什么事都没发生过。然而踏进奉行所的瞬间，彼此都避免触碰的记忆还是让他如同被烙铁烫到般心痛不已。他尤其讨厌被带到休息室，因为从这边可以看到隔着院子的幽暗走廊。那个早晨，他就是在那里被费雷拉搀扶着蹒跚前行。所以他会慌忙移开视线。

他跟费雷拉也不能自由见面。虽然知道费雷拉住在西胜寺附近的寺町，但奉行所不允许他们互相来访，只有在乙名的陪同下去奉行所时才能碰面。和他一样，费雷拉也是由乙名带过来。他们俩都穿着奉行所给的衣物，用乙名也能听懂的怪腔怪调的日语简单打个招呼。

在奉行所里，虽然表面上两人看起来很融洽，但司祭对费雷拉的感情是无法用言语表达的。那包含了一个人对另一个人的所有感情。他们彼此都怀有憎恨和轻蔑的心情，至少如果他憎恨费雷拉，并不是因为受到此人的诱惑而弃教（他对那件事已毫无怨愤），而是因为从费雷拉身上可以看到自己深深的伤口。坐在眼前的费雷拉，和自己一样穿着日本人的衣服，说着日本人的语言，和自己一样是被逐出教会的人，看到他，就像看到自己映在镜中的丑陋脸孔，让司祭无法忍受。

"哈哈哈哈。"费雷拉总是对官差发出低声下气的笑声，"荷兰商馆的勒科克已经到江户了吗？上个月我去出岛的时候，他这么说过。"

司祭默默地听着费雷拉嘶哑的声音，注视着他凹陷的眼睛、瘦削的肩膀。阳光照在他的肩膀上，第一次在西胜寺见到他时，阳光也照着他的肩膀。

对费雷拉的感觉，不仅仅是轻蔑和憎恨，还掺杂着命运相同的连带感和包含了自怜的恻隐心。凝视着费雷拉的后背，司祭突然觉得他俩就像丑陋的双胞胎——憎恨彼此的丑陋，彼此轻蔑，却又无法分离的双胞胎。

奉行所的工作结束时，通常已是黄昏时分。蝙蝠从门和树之间掠过，向着暗淡的紫色天空飞去。乙名们互相使个眼色，带着自己负责的外国人分别从左右离去。他边走边悄悄回头看费雷拉，费雷拉也回头看着他。下个月之前两人不会再见面了，也无法探寻彼此的孤独。

节选自长崎出岛荷兰商馆馆员约纳森的日记

一六四四年七月（正保元年六月）

七月三日　三艘中国帆船起航出港。因利洛号获准五日起航，明日须将银钱、军需品及其他杂物装船，完成一切准备。

七月八日　商人、金钱鉴定人、房主与四郎卫门大人进行最后的结算。奉商馆馆长之命，书写须在下次航行前备齐运往荷兰、科洛曼德尔海岸和暹罗的商品订单。

七月九日　在当地一市民家中发现圣母像，全家人立即被捕入狱，接受审问。结果卖主亦被查出受审。据说讯问时，弃教的神父泽野忠庵和同样弃教的葡萄牙神父罗德里戈也在场。三个月前，在当地一市民家中发现刻有圣徒像的一芬尼硬币，全家都被逮捕，遭到拷问，但他们拒绝弃教。已弃教的葡萄牙神父罗德里戈也在场，不断为他们向奉行所乞求免死而不得。全家被判处死刑，夫妻俩和两个儿子被剃掉一半头发，骑在瘦马上连续游街示众四日。夫妻俩已于数日前被处穴吊之刑，两个儿子被迫目睹行刑经过后，又被收押。

傍晚，一艘中国帆船进港。所载货物为砂糖、瓷器和少量丝织品。

八月一日　一艘中国帆船载杂物由福州抵达。十时许，警戒人员在长崎湾外约六英里处发现一艘帆船。

八月二日　早上，前述船只开始卸货，进展顺利。

中午时分，奉行的书记官和副手们带着通译一同来到我的房间，进行了两小时的审问，因为住在长崎的弃教者泽野忠庵和葡萄牙籍弃教神父罗德里戈说，澳门方面决定用荷兰船只将神父从印度送往日本。根据泽野的说法，神父们今后可能会以荷兰人的雇员身份在船上从事低贱的工作，以这种方式潜伏在日本。书记官警告我们，如果这种事态发生，公司将会陷入极大的困境，要求我们严加防范。此外，今后如果有神父乘我们的船来日本，因为戒备严密而无法潜入，又试图乘我们的船离开而被捕，荷兰人也将毁灭。书记官说，荷兰人自称是陛下及日本的臣仆，因此也要受到与日本人同样的刑罚，并转交由奉行递交给我的日文备忘录，内容如下。

备忘录译文

被博多领主逮捕的泽野神父向最高官厅明确表示，荷兰人及荷兰国内罗马教徒颇多，又称在柬埔寨，有荷兰人前往神父家表明同一信仰，神父们决定在欧洲充作荷兰公司的雇工或船员，乘公司的船往日本长崎。奉行所不相信这种说法，认为葡萄牙人和西班牙人是荷兰人的死敌，欲陷其于不利才如此说。但泽野忠庵答称这绝非谎言，乃是事实。基于上述理由，奉行严令荷兰商馆馆长查明船员中有无罗马教徒，如确实存在，则要据实以报。将来如有罗马天主教徒乘荷兰船只来日本而未向奉行报告，一经发现，荷兰商馆馆长的处境将极为不利。

八月三日　前述船只于傍晚全部卸货完毕。本日奉行询问该船有无能操作白炮的炮手，因此派遣商务员助理保卢斯·费尔到船上调查，结果没有，遂如实报告。奉行下令今后来日诸船亦须加以调查，如有即禀报。

八月四日　早上，奉行所的高级武士本庄大人登船，连角落的箱子亦仔细检视。此次检查如此严格，是因长崎的前神父向最高官厅断言，荷兰人中有罗马教徒，将搭乘荷兰船只来日。他说若没有上述新的疑点，检查会比去年宽松，并向船上的士官也做了解释。我应他们的要求到船上，在他们在场见证的情况下告诫船员，如果有人藏匿了与罗马天主教有关的东西，应即交出，不会受到处罚。众人皆称没有，遂向其宣读船员应遵守的法令。本庄大人想知道我和船员谈话的内容，经详细说明后，他们离去，说会将此事禀告奉行，令其安心。

傍晚，有来自泉州的中国帆船抵达。货物主要有纱绫、绫子、绉绸等织物，估价为八十贯，此外尚有砂糖及杂货。

八月七日　前述被处决夫妻的两个儿子，与另一人一同被绑，骑瘦马至刑场，被斩首处决。

一六四五年（正保二年十一月、十二月）

十一月十九日　一艘中国帆船自南京来，载有白生丝、纱绫、绫子、平织地毯、金线织花锦缎、缎子等价值八百贯至九百贯的商品，说一个半月或两个月后，会有三四艘载货多的帆船来，并说在当地，只要依载货数量向大官缴纳一百两至六百两，即可获准自由来日。

十一月二十六日　一艘小帆船自漳州来，载有估计两箱以上的麻布、明矾和罐子等。

十一月二十九日　早上，两名通译受奉行之托来馆，出示了印在玛利亚画像下方的荷兰文"蒙大恩的女子，我问你安，主和你同在了（《路加福音》第一章第二十八节）"，说此物自下关附近的和尚处得来，问我这是何种语言，含义为何。弃教的葡萄牙神父罗德里戈和泽野忠庵均称非拉丁语、葡萄牙语、意大利语，因此不解其意。这是荷兰语的《万福玛利亚》，是由说同样语言的法兰德斯人印刷的。这幅画无疑是由我们的船只运来的，但在他们进一步询问之前，我决定保持沉默。至于数字，我想神父罗德里戈和泽野忠庵必已解释，于是如实相告。

十一月三十日　天气晴朗，一早即将舵和火药搬上船，其余货物亦装运完毕。中午，上船点名，递交文件后回馆，以酒肴款待邦乔伊等。傍晚前，风向转为西北，奥菲尔斯希号没有起航。

十二月五日 正午时分，通译来问我们进口商品的采购地点，我答说主要供应地是中国和荷兰。他是要调查如果中国人不再来航，于进口方面是否有影响。自我来日本之后，即尽力了解有关弃教神父的情况。有一名唤荒木托马斯的日本人曾久居罗马，担任过教皇侍从，此前数次自称天主教徒，奉行认为其是年老精神失常，置而不问，被穴吊一昼夜后弃教，但死时心中并未失去信仰。目前仅两人尚在世：一人名忠庵，葡萄牙人，原为当地耶稣会会长，但其心恶毒；另一人为出生于葡萄牙塔斯科的神父罗德里戈，他亦于奉行所践踏过圣像。两人现均居于长崎。

十二月九日 向三郎左卫门大人呈上一小盒礼品，内装各种药膏及其他药物，与致送皇帝和筑后守大人的礼品相同，对方欣然接受。据说因所附目录以日文逐一注明药效，奉行甚为欣喜。傍晚，一艘来自福州的船只进港。

十二月十五日 五艘中国帆船起航。

十二月十八日 四艘中国帆船起航。从南京来的一艘帆船上，有四五名船员请求搭乘中国帆船去东京①或交趾，但奉行不许。

岛上一户主听闻，弃教者忠庵将关于荷兰人和葡萄牙人的种种情况写成书面报告，将于近日寄送宫廷。我真希望这个忘记上帝的恶棍去死，以免给公司带来麻烦，不过上帝会

---

① 越南首都河内的旧名。

护佑我们免受猜嫌的。午后，两艘日本船到达商馆，我们搭乘其中一艘，另一艘载骆驼。傍晚时分，通译们与准备同往上方地区的仆人一起来馆。其中一个是粗通荷兰语的洗衣工，我希望他同去临时充当厨师，但传兵卫和吉兵卫说，奉行禁止会说荷兰话者同行。我不相信，认为他们反对只是为了按自己的想法行事，因此告诉他们，我们用日语和荷兰语就足够，语言中应该厌恶的是葡萄牙语，而非荷兰语。没有一个天主教徒说荷兰语，说葡萄牙语的天主教徒却可以随时举出数十人。

十二月二十三日 一艘福州的小帆船起航。傍晚，一艘中国大帆船在抵达海湾前，遇上逆风，深夜被一大批驳船拖到了长崎。船上有许多人，张挂了很多绢布旗帜，敲大鼓、吹唢呐，喧闹非凡。

元旦，长崎街头有男人吹着唢呐、敲锣打鼓，挨家挨户表演，女人和小孩在门口给男人零钱。

也是在这一天，船津和蚊食原一带的贱民们三两结伴，戴着草笠走街串巷，在住家门前唱歌。

正月二日，商家开始营业，清晨即装饰店面，挂上新门帘。卖海参的小贩一家一家上门向这些商家兜售。

正月三日，各町的长老到奉行所申请用来践踏的圣像。

从四日起，开始组织市民践踏圣像。这一天，江户町、今鱼町、船津町、袋町等地的乙名和组头分别从奉行所领取刻有圣像的板子，到各家核对践踏圣像的名册。家家户户都清扫道路，静待乙名和组头的到来。终于，从远处传来唱歌似的通知声："请出来——"于是各家都在靠近门口的房间里排好队耐心等候。

刻有圣像的木板长约七寸到八寸，宽约四寸到六寸，上面镶嵌着圣母像或耶稣像。户主先踏，然后是妻子，再接着是孩子。婴儿由母亲抱着踏。如果有病人，也要在官差的见证下，躺着用脚触碰圣像。

正月四日，奉行所突然传唤司祭。通译派了轿子来接。没有风，但天空阴沉沉的，相当寒冷。可能是因为要举行践踏圣像的仪式，斜坡上一片静寂，与昨日截然不同。到了本博多町的奉行所，冷飕飕的铺地板房间里，一名身穿礼服的官差正等着他。

"奉行大人在等你。"

筑后守端坐在放着一个铁制暖手炉的日式房间里，听到脚步声，将那张长着大耳朵的脸转过来，定定地望着司祭。筑后守的脸颊和唇角浮现微笑，眼里却没有一丝笑意。

"恭喜你。"筑后守沉静地说。

这是他弃教后第一次与奉行见面。但现在的他面对这个男人，已不再感到屈辱。他逐渐意识到，自己所对抗的并不是以筑后守为代表的日本人，而是自己的信仰。但筑后守是绝不会理解这一点的。

"好久不见，"筑后守将双手放到暖手炉上，点了点头，"对长崎已经完全习惯了吧？"

奉行又问司祭，有没有什么不方便的地方，如果有尽管向奉行所提出。他很清楚奉行在尽力避免提及他弃教的话题。这是对他的同情吗，还是出于胜利者的自信？司祭不时抬起眼窥视对方的脸，但老人脸上毫无表情，看不出任何信息。

"再过一个月就去江户住吧。已经为神父准备好了住处，是我曾经住过的小日向町的房子。"

不知有意还是无意，筑后守叫他"神父"，这个称呼深深刺痛了司祭。

"还有，既然要在日本度过一生，以后还是取个日本名字。刚好有个叫冈田三右卫门的男人死了，你到江户后，就用这个名字好了。"

奉行两手在暖手炉上摩挲着，一口气说出这些话。

"那个死去的男人有老婆。神父一直一个人生活也不方便，就把他老婆也娶了吧。"

司祭低着头听着，眼前浮现出一道斜坡，自己正在那斜坡上不断下滑。反抗和拒绝都是徒劳。改用日本人的名字暂且不论，他根本没想过还要娶那个人的妻子。

"怎么样？"

"好的。"

他耸耸肩，点了点头。分不清是疲累还是放弃的感觉占据了他的整个身心。（你承受过一切屈辱，所以只要你理解我现在的心情就好。即使信徒和神职人员将我视为传教史上的污点，那也无所谓了。）

"我记得曾经对你说过，日本这个国家不适合天主教的教义，天主教根本无法在这里扎根。"

"神父并不是输给了我，"筑后守凝视着暖手炉里的灰烬，"而是输给了日本这片沼泽。"

"不，我所对抗的，"司祭忍不住大声说，"是内心的天主教教义。"

"是吗？"筑后守露出讥讽的笑容，"听说你弃教后对费雷拉说，是圣像上的基督让你弃教，你才弃教的。但那难道不是为了掩饰你自己的软弱吗？就凭那句话，我井上就不认为你是真正的天主教徒。"

"奉行大人怎么想都可以。"

司祭将双手放在膝上，垂着头。

"你可以欺骗别人，但欺骗不了我。"筑后守冷冷地说，"以前我问过其他天主教神父，佛的慈悲与天主教的慈悲有何不同。在日本，我们了解的是，对于自己无可救药的软弱，众生仰赖佛的慈悲而获救赎。但那位神父明确回答，天主教所说的救赎与此不同。天主教的救赎不只是依靠上帝，信徒也必须竭尽全力保持坚强的意志。照此看来，你果然是在日本这个沼泽地里，不知不觉扭曲了天主教的教义吧？"

司祭想叫喊，天主教不是你说的那样！但他觉得无论说什么，这个井上也好，通译也好，谁都无法理解自己现在的心情，于是话到嘴边又咽了回去。他将手放在膝上，不住眨着眼睛，沉默地听奉行说话。

"神父可能不知道，在五岛和生月岛，仍然有很多自称天主教徒的百姓，但奉行所已经不打算逮捕他们了。"

"为什么？"通译问。

"因为根已经被砍断了。如果神父这样的人还在不断从西方各国前来，我们就不得不逮捕信徒……"奉行笑了，"但已经没有这种担忧了。根被砍断后，茎叶也会腐烂。证据就是，五岛和生月岛的百姓暗中信奉的上帝，渐渐变得不像天主教的上帝了。"

司祭抬头看着筑后守。筑后守的脸颊和嘴角都在微笑，眼里却没有笑意。

"神父们带来的天主教，终究会脱离它的根源，变成不知所谓的东西。"

筑后守仿佛发自内心地叹了口气。

"日本就是这样的国家，一点办法也没有，神父。"

奉行的叹息里，带着真实、痛苦的绝望。

神父接受了赏赐的点心，道谢后与通译一起退出。天空依旧阴沉沉的，路上很冷。他随着轿子摇晃着，茫然地望着铅灰色的天空下，呈现同样颜色的广阔大海。自己不久就要被送去江户了。筑后守说会给他安排住宅，但那就是早就听说过的天主教监狱吧，自己将在那监狱里度过一生，再也不会渡过那片铅灰色的海回到故国了。在葡萄牙时，他认为传教就是彻底成为那个国家的人，他打算去日本，和日本信徒过同样的生活。结果呢？如自己所想的，得到了冈田三右卫门这个日本人的名字，成了日本人……

（冈田三右卫门吗？）

他低声笑了笑。表面上他期待的一切，命运都给了他，阴险而讽刺地给了他。他，一个终身不娶的司祭，却要娶一个妻子。（我不是怨恨你，我只是在嘲笑人的命运。我对你的信仰与往日不同了，但我还是爱着你。）

他靠在窗前望着孩子们嬉闹，一直看到黄昏时分。孩子们拽着风筝线在坡道上跑来跑去，但没有风，风筝始终拖在地上飞不起来。

暮色降临，云层微微裂开，微弱的阳光照了下来。孩子们玩腻了风筝，拿着绑在门松上的竹子，敲打着人家的门唱歌。

打鼹鼠哟，没有罪没有罪

竹节，竹节，祝福三次

一松枝，二松枝

三松枝，四松枝

他小声地学孩子们唱歌，因为唱不好而觉得很空虚。"打鼹鼠哟，没有罪没有罪。"他觉得那种眼睛看不见还在地面乱爬的愚蠢动物跟自己很像。对面人家的老婆婆正在骂小孩，那老婆婆每天送两餐饭给他。

晚上，起风了。他侧耳倾听，想起了以前被关在牢房时，风摇动杂树林的声音。然后一如往常的夜晚那般，心头浮现那个人的面容，自己践踏过的那个人的面容。

"神父，神父！"

他听到一个熟悉的声音，凹陷的眼睛向门口望去。

"神父，我是吉次郎。"

"我已经不是神父了。"司祭双手抱膝，小声回答，"你还是赶快回去吧，被乙名大人发现就麻烦了。"

"但您还有听告解的能力。"

"谁知道呢？"他低下头，"我是弃教的神父。"

"在长崎，他们都叫您'弃教的保罗'，没有人不知道这个名字。"

司祭抱着膝盖落寞地笑了。事到如今，就算没有人告诉他，他也早就听说自己有这样一个绰号。费雷拉被叫作"弃教的彼得"，自己被叫作"弃教的保罗"。孩子们有时还会跑到家门口，大声叫嚷那名字。

"请听我说，如果弃教的保罗也有听告解的能力，请宽恕我的罪过。"

（要审判的不是人……而且最了解我们软弱的只有主。）他默默地思考着。

"我出卖了神父，也践踏了圣像。"吉次郎带着哭腔的声音继续，"这世上有弱者和强者的分别，强者不畏任何折磨，他们可以去天堂。可是像我这样天生的弱者，当官差责罚我、要我踏下去的时候……"

　　我也踏过那圣像。那时，这只脚就放在那个人凹陷的脸上。那张我回忆了数百次的脸，在山中、在流浪时、在牢房里从未忘怀过的脸，一个人所能见到的最善良、最美丽的脸，想要爱一辈子的人的脸。镶嵌在木板中的那张脸，已磨损、凹陷，以悲哀的眼神望着我。（踏下去吧！）悲哀的眼神对我说。

　　（踏吧！你的脚现在很痛吧！和以前踏过我的脸的人一样痛吧！但光是脚的疼痛就足够了。我会分担你们的痛苦，我就是为此而存在的。）

　　"主啊，我恨你始终沉默。"

　　"我没有沉默，我和你们一起受苦。"

　　"可你让犹大离开，你对他说：'去吧！你所作的快作吧！'犹大会变成什么样呢？"

　　"我没有那么说。就像刚才我对你说'踏下去吧'，我也对犹大说'你所作的快作吧'。因为你的脚在痛，犹大的心也在痛。"

　　那时，他把沾满血迹和灰尘的脚放到了圣像上，五只脚趾压住了所爱之人的脸容。那种强烈的喜悦是无法向吉次郎解释的。

　　"没有强者和弱者之分，谁又能断言弱者不会比强者更痛苦呢？"司祭对着门口急促地说。

"如果这个国家已经没有神父听你的告解，那就由我来吧。为你念诵告解结束后的经文。平安回去吧！"

愤怒的吉次郎压低声音哭泣，最后转身离开了。自己不客气地为这个男人主持了只有神职人员才能主持的圣礼。虽然神职人员会激烈地谴责这种冒渎的行为，但自己即使背叛了他们，也绝不会背叛那个人。我用与以往不同的形式爱着他。为了了解这份爱，到今天为止发生的一切都是必要的。我现在依然是这个国家最后的天主教司祭，而那个人也没有沉默。即使他保持沉默，我至今为止的人生也在诉说着他。

天主教徒住宅官差日记

宽文[①] **十二年壬子**

近日，将享受十人扶持待遇之冈田三右卫门、七人扶持待遇之卜意、寿庵、南甫、二官，于闰六月十七日遣送远江守处。

记

* 三右卫门妻表弟 深川造船木匠 清兵卫 五十岁

* 三右卫门妻表弟 土井大炊头帮佣 源右卫门 五十五岁

* 三右卫门妻侄 与清兵卫同住 三之丞

* 三右卫门妻侄 饵差町工匠 庄九郎 三十岁

* 足立权三郎 井上筑后守任内卜意工匠之学徒

* 寿庵婿 元吉原 纸屋仁兵卫 与女儿同住

---

① 宽文元年为 1661 年。

* 寿庵女之伯父 甚右卫门 居于河越，北条任内来过一次，本年四月二十六日复来看望寿庵

延宝[①]元年癸丑

* 十一月九日早晨六时，卜意病死，徒目付木村与右卫门、牛田甚五兵卫率两名小人目付前来验尸，与力庄左卫门、传右卫门、总兵卫、源助，会同同心朝仓三郎右卫门、荒川久左卫门、海沼勘右卫门、福田八郎兵卫、一桥又兵卫，将卜意遗体送往无量院火葬，戒名向岸清转禅定门。远藤彦兵卫、组长木高十左卫门检查卜意仆人德左卫门之物品，命其践踏圣像后，将其软禁。

延宝二年甲寅

* 正月二十日至二月八日，冈田三右卫门奉远江守之命，书写弃教保证书。为此，由鹈饲庄左卫门、加用传右卫门、星野源助负责监视上述事项。

* 二月十六日，冈田三右卫门着手书写弃教保证书，加用传右卫门、河原甚五兵卫受命自二十八日起，至三月五日止，于三右卫门住处负责监视。

* 令冈田三右卫门自六月十四日起，至七月二十四日止，于天主教徒住宅书斋中书写弃教保证书，由加用传右卫门、河原甚五兵卫负责监视。

---

① 延宝元年为 1673 年。

* 九月五日，将寿庵送入牢狱。因其任意妄为，将被拘禁一段时日。宣告时见证人：六右卫门、庄左卫门、总兵卫、河原和龟井。轮值月班看守者：塚本六右卫门、加用传右卫门。

延宝四年丙辰

* 冈田三右卫门携来之仆役吉次郎亦有可疑处，故将其下狱。于囚所搜检其随身物品时，自颈上所挂护符袋内搜得天主教徒所尊奉之基督肖像画一幅，一面画有圣保罗及圣彼得，一面画有沙勿略及天使。将吉次郎自牢中提出，查问籍贯、亲属情形。系九州五岛人氏，现年五十四岁。

* 一桥又兵卫与吉次郎过从甚密，其信仰亦可疑，故又兵卫亦入狱，至吉次郎解释清楚为止。（中略）又兵卫素与吉次郎亲厚，其信仰自易受到怀疑，因此采取以上措施。九郎左卫门、新兵卫与又兵卫甚为亲密，亦受审问，于书斋详细搜检其衣物、内外衣带、钱夹及护身符。（中略）远江守亦至，将吉次郎提至书斋，问其天主教画像得自何人。吉次郎答称系三年前在此之仆役才三郎所有，其人来此时遗落，为自己拾得持有，此事门卫德右卫门亦知晓。遂唤来德右卫门问话，言于夏日晾衣服时目睹。问，是否得自冈田三右卫门处？吉次郎答无向三右卫门取得之机会。因去见三右卫门之际，必有两名当值同心在旁，并无私相授受之隙。

* 九月十七日，远江守至天主教徒住宅，于书斋传唤三名仆

役,盘诘是否系天主教徒。其后又唤来吉次郎、德右卫门两人诘问,复命所有同心仔细检查住处之物品,尤其三处组屋敷[①]、入口值守处亦需检查。诸人之妻子儿女皆于奉行前解开内外衣带,连随身携带之佛像亦加查验。又,搜查杉山七郎兵卫家中时,木暮十左卫门自废纸内发现一张与天主教有关之字条,加用传右卫门随即接收,将其呈交用人[②]。字条上书:神父、大主教、主教、教皇。

* 同月十八日,远江守至天主教徒住宅,于书斋听取三名仆役陈词。复传唤一桥又兵卫诘问,其次吉次郎、德右卫门,而后冈田三右卫门之妻及女仆、杂役。三右卫门亦被唤来,问是否鼓动吉次郎信天主教,答从未有此事,遂命其立字据为证。其后传唤杉山七郎兵卫,问昨日发现之天主教相关字条是何缘故,七郎兵卫答数年前北条安房任内,家老告知其既任此职务,当记得上述天主教名称,故与力服部左兵卫以字条相授。其解释获认可,释之归。

* 传唤馆林宰相家臣笠原乡右卫门仆役太兵卫、斋藤赖母组同心之搬运行李仆役新兵卫与吉次郎对质,就画像之事详加盘诘,证实画像为新兵卫拾得无疑,且太兵卫亦曾目睹新兵卫持有此物,故将二人释回。

* 同日,将一桥又兵卫倒吊于牢内,奉行九木源右卫门、奥田德兵卫、川濑总兵卫、河源甚五兵卫后又数度拷问之。

* 同月十九日,远江守至天主教徒住宅,因将文书呈上。

---

① 江户时代,隶属于与力组、同心组的下级武士的居住地。
② 江户时代武家职位之一,大名、旗本的家臣中掌管财务和内外庶务者。

＊十月十八日，晴天。远江守至天主教徒住宅，徒目付佐山庄左卫门、种草太郎右卫门亦至。令一桥又兵卫及其妻骑木马拷问，复传唤内藤新兵卫至书斋调查。松井九郎右卫门受调查后，招供实情。

＊十一月二十四日，将检举天主教徒公告牌钉于天主教徒住宅大门上，河源甚五兵卫、鹈饲源五右卫门、山田十郎兵卫在场见证。该公告牌系奉两官长之命而设，内容以文言记于下：

公告

天主教已被禁多年，如有可疑人等即当检举之，奖赏如下：

检举神父　银币三百枚

检举修道士　银币二百枚

检举重信天主教者　同上

检举协助传教者及普通天主教徒　银币一百枚

即令检举人为协助传教者或天主教徒，亦视其检举内容，赏银币三百枚。如藏匿天主教徒，一经发现，当地里正及五人组① 一并严处。

此布。

＊十二月十日，将寿庵下狱。两官长派用人高桥直右卫门、

---

① 五人组为江户幕府强制推行的平民邻保组织，以五户为一组，组内成员在年贡缴纳、治安维持、预防天主教渗透等方面承担连带责任。

服部金右卫门前往，在双方与力见证下，由高桥直右卫门向寿庵宣告如下：寿庵素行乖张，此次侮慢加用源左卫门，诚为无礼之人，故将送入仅容一人的狭小牢舍监禁，当谨受上述惩罚。寿庵答固所愿也，乐意接受，随即被带至牢舍前，取出一钱夹交给官差，该钱夹旋即被送至警卫室，寿庵即刻入狱。在官长之用人、与力前检查了钱夹，计有一分金十七两一分，此外之物品亦一并检查，记于簿上，由诸与力封存，置于寿庵住处。

* 寿庵随身物品中，有一条挂链、两把戒鞭、两串念珠和一张天文图。

延宝九年辛酉

* 七月二十五日下午五时许，冈田三右卫门病故。鹈饲源五右卫门及成濑次郎左卫门向官长报告此事，官长即派人高原关之丞、江曲十郎右卫门前往。三右卫门遗体由三名同心看守。

* 冈田三右卫门所持金钱为一分金十三两三分、小判十五两，共计二十八两三分。此外诸物品由两位用人同加封条，于二十八日收入仓库。

* 同月二十六日，徒目付大村与右卫门、村山觉太夫及小人目付下山总八郎、野村利兵卫、内田勘十郎、古川久左卫门共六人前往天主教徒住宅验尸。在官长之用人见证下，向徒目付递交如下口供笔录。

口供笔录

居于天主教徒住宅之神父冈田三右卫门，系南蛮葡萄牙人，三十余年前之未年交由井上筑后守监管，后在此天主教徒住宅中软禁，至本酉年已历三十年。本月初起患病无法饮食，狱医石尾道的用药治疗，然病势日重，于昨二十五日下午五时许过世。前述三右卫门，享年六十四岁，此外无不寻常处。

七月二十六日

林信浓守组

奥田次郎右卫门

鹈饲源五右卫门

河原甚五兵卫

川濑总兵卫

加用传右卫门

以上调查完毕，三右卫门遗体葬于小石川无量院。无量院遗僧人玄秀前来，将三右卫门遗体运至彼处火化。三右卫门戒名"入专净真信士"。奠仪金一两二分，火化费一百匹，葬礼用品费用亦以三右卫门所遗钱财支付。

图书在版编目（ＣＩＰ）数据

沉默／（日）远藤周作著；李盈春译． —— 海口：
南海出版公司，2023.10
ISBN 978-7-5735-0572-9

Ⅰ. ①沉… Ⅱ. ①远… ②李… Ⅲ. ①长篇小说-日
本-现代 Ⅳ. ①I313.45

中国国家版本馆CIP数据核字(2023)第138779号

著作权合同登记号 图字：30-2020-008
CHINMOKU
by ENDO Shusaku
Copyright © 1966 The Heirs of ENDO Shusaku
All rights reserved.
Originally published in Japan by SHINCHOSHA Publishing Co., Ltd., Tokyo.
Chinese (in simplified character only) translation rights arranged with
The Heirs of ENDO Shusaku, Japan
through THE SAKAI AGENCY and BARDON CHINESE CREATIVE AGENCY LIMITED.

沉默
〔日〕远藤周作 著
李盈春 译

出　　版　南海出版公司　（0898)66568511
　　　　　　海口市海秀中路51号星华大厦五楼　邮编 570206
发　　行　新经典发行有限公司
　　　　　　电话(010)68423599　邮箱 editor@readinglife.com
经　　销　新华书店

责任编辑　王　雪
特邀编辑　邹好南
装帧设计　李照祥
内文制作　王春雪

印　　刷　河北鹏润印刷有限公司
开　　本　850毫米×1168毫米　1/32
印　　张　7
字　　数　138千
版　　次　2023年10月第1版
印　　次　2024年1月第2次印刷
书　　号　ISBN 978-7-5735-0572-9
定　　价　59.00元